野いちご文庫

ずっと恋していたいから、幼なじみのままでいて。

岩長咲耶

STARTS
スターツ出版株式会社

contents

characters

Mizuki Hashimoto

橋《はし》元《もと》瑞《みず》樹《き》

まっすぐで一途な性格の、心優しくピュアな高校2年生。幼なじみの雄太にずっと想いを寄せているけど、今の関係を壊したくない瑞樹は、ふたりの距離をなかなか縮めることができず…。

甲《か》斐《い》雄《ゆう》太《た》

文武両道の優等生のイケメンで、生徒会副会長もつとめるリーダー的な存在。頼りがいのあるしっかり者。幼なじみの瑞樹のことを誰よりも理解し、大切に思って支えている。

Yuta Kai

関峻一郎《せきしゅんいちろう》

人気者の生徒会長。成績はとても優秀だが、超天然で素朴で飾らないタイプ。副会長の雄太の恋を応援している。

高木海莉《たかぎかいり》

中学時代からの瑞樹の親友。明るく天真爛漫で我が道を突き進む行動派。瑞樹にアドバイスをする。

田中桃花《たなかももか》

瑞樹と雄太と同じ中学出身の後輩。運動会で雄太のことを好きだったと公開告白するけれど…。

ずっと
幼なじみのキミに恋していました。
幼なじみの関係が終われば
恋に変わるの？
そしていずれは恋も終わってしまうの？
もうなにも失いたくない。
大好きなキミだけは絶対に失えない。
お願い。
どうか幼なじみのままでいて。
キミの横顔を一番近くで見つめていたいから
このままなにも変わらないで。
『ずっとお前に恋してた』
お願いだからそんなこと
もう二度とあたしに言わないで……。

ずっと恋していたいから、
幼なじみのままでいて。
Hope
the love will las
forever.

キミと歩いたバージンロード

幼なじみのキミと初めて出会ったときの記憶《きおく》は、正直言って、ないんだ。

ごめんね雄太《ゆうた》。

だって記憶もはっきりしないくらい、ずっと昔からあたしたちは一緒《いっしょ》だったから。

それでも、あの日のことは鮮明《せんめい》に記憶しているよ。

真っ青に晴れ上がった空。

背の高い木々の枝先を覆《おお》った、目を見張るほど鮮《あざ》やかな紅葉《こうよう》。

白い三角屋根の教会の前で、閉じられた扉《とびら》の向こうから聞こえてくる、パイプオルガンの音色《ねいろ》。

あの日は、あたしの親戚《しんせき》のお姉さんの結婚《けっこん》式だったね。

ふたりでリングボーイとフラワーガールをしたとき、あたしたちは、まだ幼稚園児《ようちえんじ》だった。

あたしはスカートがフワッフワに広がった、真っ白なドレスを着てたんだよ。

背中の大きなリボンと、クルクルに巻いた髪《かみ》に飾《かざ》った花冠《かんむり》は淡いピンク色。

手に持った籐《とう》カゴの中には、色とりどりの花びらがたくさん入っていた。

周りの大人たちはみんなあたしのこと、『すごくかわいい』って、いっぱいほめてくれたんだよ。でもね、あたし、教会の前に立って出番を待ちながら、本当はすごく不安だったんだ……。


ママもパパもそばにいない。後ろに立っている花嫁《はなよめ》さんも、おじさんも、あんまりよく知らない。

目の前で閉じている茶色の扉はすごく大きくて、立派で、なんだか怖《こわ》い。

『カゴの中の花びらを床に落としながら歩けばいいだけだから簡単よ』って、ママには言われていたし、何度も家で練習したけど。

ママと一緒じゃないと心配だよ。ちゃんとできるかな？　もし失敗したら怒《おこ》られちゃうのかな？

ああ、どうしよう。なんだかすごくドキドキしてきた……。

「瑞樹《みずき》ちゃん、ほら見て」

——バサバサッ……。

不安と緊張《きんちょう》から唇《くちびる》をキュッと結びながら下を向いていたあたしの耳に、にぎやかな羽音《はおと》が聞こえた。

真っ白な鳩《はと》が日の光を反射してキラキラ光りながら、真っ青な空に溶け込んでいく。

あたしは思わず大きな声を出した。

「わあ、きれい！」

「うん。瑞樹ちゃんもすごくきれいだよ」

遠ざかる鳩の群《む》れを目で追うあたしの耳に、そんな声が聞こえた。

振り向くと、指輪を載《の》せた小さなクッションを持った雄太ちゃんが、ニコニコしながらあたしを見ている。

「瑞樹ちゃん、まるで絵本の中のお姫様《ひめさま》みたいだ。すごくかわいいよ！」

そういう雄太ちゃんは、白いシャツの襟《えり》もとに蝶々《ちょうちょう》みたいなリボンのついた、黒くて立派なお洋服を着てる。

お婿《むこ》さんとそっくりのその姿は、まるでどこかの国の王子《おうじ》様みたいで、すごくカッコいい。

「……ありがとう。雄太ちゃん」

ママやパパが言ってくれたどのほめ言葉よりも、雄太ちゃんが言ってくれた言葉が、なんだか一番うれしい。

でもちょっとだけ恥《は》ずかしい気もして、照れくさい気持ちをごまかすために、あたしは靴《くつ》のつま先で地面をトントンとした。

モジモジしてるあたしを見て、ちょっぴり緊張ぎみだった花嫁さんも笑顔になる。

「本当に瑞樹ちゃん、かわいいわ。まるで本物の花嫁さんみたいよ」

花嫁さんの横にいるおじさんも、大きくうなずいた。

「そうだな。雄太くんもすごくカッコよくてお婿さんみたいだ。主役のお前たちより、この子たちの方《ほう》がよっぽどお似合いだなあ？」

「もう、お父さんたら！　でも本当にそうね！」

花嫁さんとおじさんの明るい笑い声に被《かぶ》さるように、空から鐘《かね》の音が降ってきた。

木々の紅葉をサワサワ揺《ゆ》らす風に乗って、とってもきれいな高い音が、涼《すず》しい空気を優しく震《ふる》わせる。

するとオルガンの曲が変わって、目の前の大きな木の扉がゆっくりと開いていった。

いよいよ始まるんだ。あたしの出番だ！

扉の向こうでは、たくさんの大人たちが教会の椅子《いす》にずらりと座って、こっちを見ている。

みんなニコニコしているけど、こんな大勢《おおぜい》の大人に見られるのなんて初めて。

この中を歩くのかと思ったら、また緊張して体がキュッと固くなった。

「瑞樹ちゃん、一緒に行こう。せーのっ」

息を止めて花かごを抱きしめていると、雄太ちゃんがこっちを見ながら、元気な掛け声と一緒に右足を前に出す。

あたしと違ってぜんぜん平気そうな雄太ちゃんを見たら、なんだか体からスッと力が抜けて、あたしの右足も自然に前に出ていた。

そのまま前に進みながら、練習した通りに花びらを撒《ま》いてゆっくりと進んでいく。真っ白でツヤツヤした床の上に、赤や青、ピンクや黄色が重なって、すごくきれいだった。

隣《となり》を進む雄太ちゃんが堂々《どうどう》としているから、あたしも安心できる。

でも祭壇《さいだん》まで花びらを撒いて、役目を終えて自分の席に戻ろうとしたとき……『あれ？』って思った。

あたし、これからどこに行けばいいんだっけ？

帰る場所、忘れちゃった。ママとパパ、どこ？

キョロキョロして探したけど、背の高い大人の人たちがズラリと並んで座ってるから、遠くまで見渡せない。

目の前が知らない顔でいっぱいになったせいで、心の中も不安でいっぱいになって、急に怖くなった。

ママ、ママ、どこ？　どうすればいいのかわかんない。

『瑞樹、最後まで泣かないでちゃんとやれるわよね？』って、ママと約束したのに。

もう泣いちゃいそうだよ。どんどん鼻の奥が熱くなって、みんなの顔がじんわりして、よく見えない。

これじゃママとパパを探せない。ますます泣きたくなっちゃうよお……。

「瑞樹ちゃん、こっち」

半ベソをかいてるあたしの手を、雄太ちゃんがキュッと握《にぎ》ってくれた。雄太ちゃんの手はすごく柔《やわ》らかくて、ビックリするほど温かかったから、今にもこぼれ落ちそうだった涙《なみだ》が、すぐ引っ込んじゃった。

「ボクがちゃんと連れてってあげるから、大丈夫だよ」

そう言って雄太ちゃんがあたしの手を引っ張りながら、どんどん先へと歩いていく。しっかり前を向いてる雄太ちゃんの横顔を見たら、あたしの不安はあっという間に消えていった。

雄太ちゃん、あたしが泣きそうになっていることに、気がついてくれてたんだ。

雄太ちゃんとこうして手を繋《つな》いで歩いていれば、きっと本当に大丈夫だ。

そう信じた通り、雄太ちゃんはママとパパが座っている場所に、ちゃんとあたしを連れていってくれた。

「瑞樹、偉《えら》いぞ。よく頑張《がんば》ったな」

「本当に偉いわっ。雄太ちゃんもすごいわね」

白いネクタイをしてビデオカメラを手に持ったパパと、いつもよりずっとオシャレできれいな格好《かっこう》をしたママが、ニコニコしながら小さな声でほめてくれた。

うれしい。あたし、ちゃんとやれたんだ。

雄太ちゃんがいてくれたおかげだ。雄太ちゃんって本当にすごい！

ほめられて照れくさそうな雄太ちゃんを見ていたら、オルガンの音が止まって、花嫁さんが花婿さんの隣に並んだ。

「あのふたり、幼なじみなんですって。ママとパパと一緒よ」

ママがあたしと雄太ちゃんに向かって、小さな声でそう言った。

前に聞いたことがある。ママとパパは幼なじみで、あたしと雄太ちゃんみたいにすごく仲良しだったんだって。

そして、いつの間にかお互いのことがもっと大好きになって、それで結婚したんだって。

このお嫁さんとお婿さんも、幼なじみ同士なんだね。

「じゃあ幼なじみって、大きくなったら結婚するの？」

雄太ちゃんが不思議そうに言ったら、ママとパパがキョトンと顔を見合わせて、クスクス笑った。

「そうだなあ。もしかすると、そうなのかもしれないな」

「ひょっとしたら、瑞樹と雄太ちゃんも大きくなったら結婚するかもしれないわね」

すごく楽しそうな顔で笑いあっているママとパパを見た雄太ちゃんが、目をキラキラさせながら大きな声で言った。

「うん、ボク決めた！　大きくなったら瑞樹ちゃんと、ここで結婚する！」

その声にビックリした花嫁さんや花婿さんや、周りの人たちみんながパッとこっちを振り向いた。

次の瞬間《しゅんかん》、静かだった教会中にたくさんの笑い声が響《ひび》く。

パパとママは恥ずかしそうにペコペコ頭を下げていたけれど、なんだかみんなすごく幸せそうな顔で笑ってる。

きれいなお花やリボンで飾られたこの場所が、みんなの笑顔と笑い声で、ますます素敵《すてき》な場所になった気がした。

みんなに注目されて、得意になって胸を張っている雄太ちゃん。

あたしの大切な、幼なじみの雄太ちゃん。

今もこんなに大好きだけど、いつかママがパパを好きになったみたいに、もっと雄太ちゃんのことを好きになるのかな？

その日は、いつ来るのかな？

そしたらあたし、雄太ちゃんのお嫁さんになるの？

この花嫁さんみたいに真っ白なドレスを着て、真っ白なヴェールを被って、かわいい花束《はなたば》を持って、雄太ちゃんの隣に並ぶのかな……？

あ、あれ？　なんだか急に……。

「瑞樹ちゃん、どうしたの？　ほっぺが赤いよ？」

「な、なんでもないよ」

覗《のぞ》き込んでくる雄太ちゃんに、あたしは顔をプルプル横に振りながら答えた。

なんだろ？　急にドキドキしてきた。

風邪《かぜ》をひいたときみたいに顔がポッと熱くなって、胸がキューーッとしてる。

どうして？　もうお仕事は終わったのに、あたしまだ緊張してるの？

でもこのドキドキは、さっきのドキドキとは違う気がする。

苦しいけど、くすぐったくて、なんだか雄太ちゃんに見られるのが恥ずかしい。

見られるのが恥ずかしいのに……雄太ちゃんのことを、ずっと見ていたい気がする。

こんな気持ち初めてだよ。この気持ちはなに？

教えて、雄太ちゃん。

ねえ、聞こえてる？　あたしの大好きな雄太ちゃん……。

近くて遠い『幼なじみ』

「それで、次の全校朝礼《ちょうれい》のスケジュールに変更点《へんこう》が出たんだけど、お前にも連絡《れんらく》届いてるか？　甲斐《かい》」

「はい、会長」

雄太の落ち着いた声が廊下《ろうか》に響いた。

生徒会長と向かい合う雄太の横顔を、窓ガラスから射《さ》し込む五月下旬の明るい日差しが照らしている。

あたしはふたりの会話の邪魔《じゃま》にならないよう、教室の後ろ側のドアの脇に立って、生真面目《きまじめ》そうなその表情を黙《だま》って見ていた。

小さい頃は、あたしとほとんど変わらないくらいの背丈《せたけ》だったのに。雄太ってば中学生になったとたんにグングン背が伸びて、手足のスラリと長い細身のモデル体型になっちゃった。

高校二年生になった今では、あたしとはもう頭ひとつぶんくらいの差がついてる。

まだ伸びてるみたいだし、これからもっと差が広がるんだろうなあ。

ほんと、男子の成長ってすごい。

「時間が空《あ》いてしまったぶんは、英語スピーチコンテストで地区優勝した生徒に生スピーチを依頼《いらい》しています。原稿《げんこう》もチェックしました」

「全校合唱のピアノ伴奏《ばんそう》者はどうする？　いつも伴奏している生徒は指を怪我《けが》しているんだろ？」

「もう代奏者を見つけて依頼ずみです」

「助かる！　お前はいつも仕事がスムーズで頼りになるよ、甲斐副会長」

ホッとした様子の生徒会長に、雄太が「いや、そんな」と照れたように微笑《ほほえ》む。

素直《すなお》そうな表情が幼い頃と重なって見えて、『かわいいな』なんて思っちゃう。

ちょっと胸の奥がキュンとした。

あたしと幼なじみの雄太は小さい頃からすごく仲良しで、誰《だれ》よりも一緒の時間を過《す》ごしてきた。

お互いの親同士も交流が深いし、もう家族も同然。幼稚園、小学校、中学校時代の様々《さまざま》なふたりの思い出が、あたしのアルバムの中に数えきれないほど収められている。

そして去年の春、あたしたちは当たり前のように同じ高校に進学した。

目立たない一般《いっぱん》生徒のあたしと違って、雄太は一年生の頃から生徒会役員として活動している。

「いや、真面目な話さ、うちの役員全員お前のこと一番信頼《しんらい》してんだよ。来年の生徒会長はお前で決まりだわ」

生徒会長のおほめの言葉に、あたしは心の中で『でしょ!? でしょ!?』と胸を張った。いや、べつにあたしがほめられてるわけじゃないんだから、あたしが得意になるのも変な話なんだけど。

でも雄太はあたしにとって、本当に自慢《じまん》の幼なじみなんだ。

だって勉強もスポーツも優秀だし、性格も真面目で努力家だし。大人っぽくて落ち着いた雰囲気《ふんいき》も、『頼りがいのあるヤツ』って思われる大きな要因《よういん》だ。

文武両道《ぶんぶりょうどう》でしっかり者。さらに高身長でスタイルよし。

これだけでもう充分に恵まれすぎなのに、トドメに顔面偏差値《へんさち》までが超お高い！

女子にも人気の高い、まるで王子様みたいなこの幼なじみが、あたしの初恋の相手。

フラワーガールとリングボーイをした日から、ずっと雄太に片想《かたおも》いしてる。

ナチュラルに流した前髪と、クッキリした二重瞼《まぶた》の黒い瞳《ひとみ》が日の光を受けてキラキラしている姿を見たら、あの結婚式の日のように胸が高鳴った。

あれから成長して、ずいぶん大人っぽい顔になったけど、やっぱり小さかった頃の面影《おもかげ》があるなあ。

中身もちっとも変わらない。小さい頃から雄太は優しくて、しっかり者だ。

ほら、あのときだってまだ小学生だったのに、あたしを守ってくれたっけ……。

目の前の雄太の顔が、今より幼かった頃の顔と重なって、あたしは雄太との大切な記憶を思い出していた──。


「ここにはイラスト描いた方がいいって瑞樹も思うよな？」

「……え？　あ、うん。そうだね」

雄太に話しかけられて、あたしはハッと我《われ》に返ってうなずいた。

そのあとで、誰にも気づかれないように、こっそりと重い息をついた。中休みの教室で、同じ班《はん》の子たちと机の周りに集まって相談しあいながら、ぜんぜん話に集中できない。

やっぱり風邪ひいたみたい。ほっぺたが熱いから、たぶん熱もあるなあ。

朝から喉《のど》が痛くて変だとは思ったけど、これくらい大丈夫だと思って登校した。

でも二時間目が終わった今、ますます喉が痛くて体もだるい。

どうしよう、ほんとに具合悪いや。できれば保健室に行きたいけど……。

「今日はみんなで放課後《ほうかご》も残って完成させような」

班のリーダーの男の子の言葉に、みんながうなずいた。

先週、四年生は職業体験学習があって、あたしたちの班は近くのケーキ屋さんに見学にいった。

明日はその内容をクラス全員の前で発表しなきゃならないのに、まだ資料がぜんぜんできていないんだ。

「ここの説明文は橋元《はしもと》に任《まか》せていいか？」

「うん。わかった」

あたしは無理に笑顔を作ってうなずいた。

みんな休み時間も遊ばないで作業してるのに、『具合が悪いからパス』なんて言えないもん。

ちゃんとやらなきゃ。あたしも協力しなきゃ。

具合悪くても我慢《がまん》、我慢。熱なんか気合いでなんとかして……。

「悪いけど俺たち、ちょっと抜ける。瑞樹、来い」

急に雄太に腕を引っ張られて、びっくりした。

「ゆ、雄太？　なに？」

「いいから来い。みんな、ごめんな。すぐ戻ってくるから」

「おい甲斐。作業の途中なのに勝手に抜けるなよ」

リーダーが文句を言ったけど、雄太は構《かま》わずにあたしの腕を引っ張って教室を出た。

そしてそのままスタスタと廊下を進んでいく。

いったいどうしたんだろう？

「ねえ雄太、どこに行くの？」

「保健室」

「え？」

キョトンとして聞き返したら、雄太が前を向いたまま言った。

「お前、具合悪いんじゃないの？　熱がありそうだから測《はか》ってもらう」

あたしは両目をパチパチさせた。

な、なんでバレたの？　班のほかの子は誰も気づいていなかったのに。

雄太は、こういうことがちょくちょくあるんだ。

あたしが言えずに黙っていることを、まるで心を読むみたいに気づいてしまう。

「どうしてわかったの？　隠してたのに」

「俺に隠しても無駄《むだ》。俺はいつも瑞樹を見てるから」

――ドキン。

心臓が波打って、さっきより頬《ほお》が熱くなる。

たぶん雄太は深い意味で言ったんじゃないだろうけど、それでも今の言葉は、あたしの心をドキドキさせた。

記憶もはっきりしないほど昔から、あたしは雄太にほのかな想いを感じている。

雄太はあたしの知ってる男の子の中で一番カッコいい。

もうずっと雄太だけが、あたしの心の中の特別席にいるんだ。

そんなこと、恥ずかしくて雄太にはもちろん、誰にも内緒《ないしょ》にしているけど。

「でも雄太、あたし保健室には行けない」

高鳴る胸を手で押さえながら、あたしは首を横に振った。

雄太が隣を歩きながら理由を聞いてくる。

「なんで？　具合悪いんだろ？」

「だって熱があったら早退《そうたい》しなきゃならないもん」

「なんで早退したくないの？」

「だって……えっと……」

具合が悪いのは本当だから、できれば家で休めればいいなとは思う。

けど居残り作業するみんなに悪いよ。なんて言えばいいの？

『あたしは早退するけどみんなで頑張ってね』って？

無理。そんな自分勝手なこと、とても言えない。

だから早退なんかできないんだって考えが、頭の中でグルグルするけど、うまく言葉にならない。

自分が思っていることを、他の人にもわかるように順序《じゅんじょ》よく説明するのって、すごく苦手なんだ。

それでいつも言いたいことや、聞きたいことを途中で飲み込んじゃう。

そんなあたしの気持ちを読んだように雄太が言った。

「瑞樹はみんなに迷惑《めいわく》だと思ってる？　だから早退するって言えないのか？」

「う、うん。そういうことなの」

「それなら心配ないから保健室に行こう」

そう言って雄太はニコッと微笑んだ。

心配ないってどういう意味だろう？

そんなことを考えているうちに保健室に着いて、雄太がドアをノックする。

「失礼します。四年三組の、甲斐雄太と橋元瑞樹です」

あたしたちはペコリと頭を下げて一緒に保健室に入った。

保健の先生から体温計を借りて熱を測ったら、やっぱり三十七度六分。

三十七度以上の熱がある生徒は、早退する決まりになっている。

「すぐにお家の人に迎《むか》えにきてもらうように連絡しておくから、荷物をまとめて生徒玄関《げんかん》で待っていなさい」

「はい。わかりました」

あたしの代わりに先生に返事をした雄太が、保健室ノートに必要事項を記入して、あたしを連れて保健室を出た。

廊下を歩いているうちに、どんどん不安が増してくる。

「やっぱり早退になっちゃった。みんなになんて言おう」

「だからそれは心配ないって言ってるだろ？」

やたら自信満々な雄太と一緒に教室に戻ると、班のみんなが机の上に広げた方眼紙《ほうがん》に、イラストや文章を一生懸命《いっしょうけんめい》書き込んでいる。

その姿を見たら、みんなに申し訳ない気持ちが込み上げてきて、苦しくなった。

「おーい。瑞樹は熱があるから早退することになったから」

雄太が、教室の後ろの棚からあたしのランドセルを取り出しながら、みんなに声をかけた。みんなが同時にパッとこっちを見て、その視線に体が縮こまる。

ご、ごめん。みんなごめんね……。

「え？　橋元、熱があったのか？」

リーダーの男の子が目を丸くして聞いてきて、言葉に詰まるあたしの代わりに、雄太が答える。

「うん。朝からずっとな。我慢して作業を手伝ってたんだよ」

「うわ、気がつかなかった。橋元ごめん！」

リーダーが両手を合わせてペコッと頭を下げた。

まさか謝《あやま》られるとは思っていなくて、キョトンとしてたら、次々とみんなが声をかけてくれる。

「瑞樹ごめん。あたしも気がつかなかった」

「橋元さん、大丈夫？　甲斐くんよく気がついたね」

「早く帰って休んでね」

みんなの優しい言葉が、心をどんどん軽くしていく。

固くなっていた体からスーッと力が抜けていった。

「あ、ありがとう。手伝えなくて本当にごめんね」

「じゃあ俺、瑞樹を玄関まで送ってくる」

教科書類を詰め終えたあたしのランドセルを右肩《かた》にかけて、雄太が言った。

「瑞樹、行こう」

「うん」

みんなと手を振りあってバイバイしてから、あたしは雄太に連れられて教室を出た。

具合は悪いけど、生徒玄関に向かう足取りは嘘《うそ》みたいに軽い。

「瑞樹さ、もしも逆の立場だったらどうする？　班の誰かが熱があって早退するって言ったら、そんなのずるいって怒る？」

あたしの荷物を持ってくれている雄太が、優しい声で聞いてきた。

「ううん。怒んないよ」

「だろ？　みんなも同じ。だから心配ないって言ったんだよ」

「……そっか」

「瑞樹が手伝えないぶんは、みんなで分け合ってやればいいだけだ。お前はちょっと気を遣《つか》いすぎなんだよ」

雄太の言う通り、あたしは悪い方に気を遣いすぎかも。それに、もしあのまま我慢し続けて倒れたりしたら、余計《よけい》に迷惑をかけちゃう。そしたら、みんなの方があたしに対して申し訳ない気持ちになっていたかも。

そうならなくてよかった。ぜんぶ雄太のおかげだ。

生徒玄関に着いて、ガラス戸の前に立ってお母さんが迎えにくるのを待ちながら、雄太にお礼を言った。

「雄太、ありがとうね」

「お前さ、無理はすんな。それと俺に隠し事すんな。どうせバレるんだから」

「うん」

「で、具合はどう？」

そう言いながら、雄太があたしのオデコにそっと手を当てた。

雄太の手の温もりを感じた瞬間、全身がピクッと反応して固まって、顔にカーッと血が集まる。

どうしよう！　あたし今きっと、風邪でごまかしきれないほど顔が真っ赤だ！

とっさに両手をほっぺたに当てて隠したら、雄太が顔をグッと近づけてきた。

「ん？　顔熱いのか？　熱が上がったのかな？」

お互いの顔の距離《きょり》は、ほんの二十センチくらい。

とてもじゃないけど、こんな近くで雄太の顔なんて見られない。

雄太、お願いだからもっと離《はな》れて。し、心臓がバクハツするから！

「帰ったらちゃんと休んで。前に瑞樹が風邪で学校を何日も休んだとき、俺、すごく寂《さび》しかったんだ」

雄太の柔らかい息を鼻先に感じてドキッてする。

そんなこと言われたら、うれしいって思っちゃうよ。

下を向いたまま顔を上げられないあたしの耳に、雄太のささやき声が聞こえる。

「瑞樹が一日も早く元気になりますように」

雄太があたしの頭をくるくるとなでてくれた。

その手の動きと、声があんまり優しくて、ふと顔を上げる。

「おまじないだよ。元気になーれ」

ふわりと微笑む表情に引き込まれて、呼吸すら忘れた。

ドキドキ忙しく鳴り響く胸のずっと奥から、自分の声が聞こえてくる。

あのね雄太、好き。小さな頃から好きなんだよ。

言えない秘密《ひみつ》を繰り返すたび、どんどん自分の中で、雄太への想いが膨れ上がっていくんだ。

「あ、おばさんが迎えにきたみたいだ」

雄太があたしの頭から手をはなして、ガラス戸の方を向いた。

さっきは離れてほしいって思ったのに、温もりの消えた頭とオデコが寂しい。

あたしは甘くて切ない痛みを黙って噛《か》みしめながら、雄太の横顔を、ただ見つめ続けていた——。


あのときの、ガラス越しの光に照らされていた幼い雄太の横顔と、高校生になった今の大人びた横顔が重なる。

あぁ、カッコいいな。正面から見る顔も好きだけど、あたしは横顔が一番好き。

濡《ぬ》れたような黒い瞳が、なにかを熱心に見つめている横顔が本当に素敵なんだ。

幼なじみの特権《とっけん》で、このきれいな横顔のラインをいつも間近で見上げることができて、幸せだな。

「じゃあ、またなにかあったら報告上げますから」

「頼む。じゃあな」

生徒会長が右手を上げて離れていく。

その背中を見送ってから、雄太が軽く微笑みながらこっちに近づいてきて、あたしに英語のテキストを差し出した。

「瑞樹お待たせ。このテキストだろ？　ほら、貸してやるから」

「ありがとう。助かる」

「家を出る前に忘れ物がないかちゃんとチェックしろよ。いつも言ってるだろ？」

生徒会長と話していたときより、少しだけトーンの上がった柔らかい声。

たぶんこの微妙《びみょう》な変化も、幼なじみのあたしだけに与えられている特権だ。

密《ひそ》かに感じる優越感《ゆうえつ》に自然と唇が緩《ゆる》む。

やっぱり幼なじみって最高だなあ！

「なにニヤニヤしてんだよ？　気持ち悪いな」

知らないうちに頬の筋肉もユルユルになってたみたい。

あたしは慌《あわ》てて表情筋を引き締《し》めて、なんでもない体《てい》を装《よそお》った。

「べ、べつに。なんでもない」

「嘘つけ。なんか変なこと考えてたんだろ？」

「なんでもないもん」

「俺に隠し事する気か？　今すぐ白状しないと……こうだ！」

「わっ！　ちょ、なにすんのよっ」

いきなり雄太に両手で頭全体をワシャワシャされて、あたしは軽く悲鳴《ひめい》を上げた。

おっきい手で髪の毛グシャグシャに掻《か》き回さないでよ！

せっかく毎朝早起きして、頑張ってサラサラのストレートにしてるのに。

以前に雄太が『サラサラのロングっていいよな』って言ってたのを聞いて、その日のうちにストレートアイロン買いに走ったんだよ!?

そんな恋する乙女《おとめ》の涙ぐましい努力を無にするなー！

「やめてってば！　ふわあ……」

頭の動きにつられて視界が大きく揺れて、目が回りそう。

気の抜けた声を出したあたしの耳のすぐそばで、低い声が聞こえた。

「まさか生徒会長に見惚《みと》れてた、なんて言うなよ？」

え？　と思って見上げる至近《しきん》距離に、雄太の顔。

ニコッと微笑んでいるけれど、切れ長の両目は笑っていないように見える。

くっきりした涙袋の黒目がちの視線が妙に真剣《しんけん》で、あたしはキョトンとした。

「どういう意味？　あたし、生徒会長なんて見てないけど？」

いや、生徒会長〝なんて〟っていう言い方も、我ながらどうかとは思うけど。

でも実際、ぜんぜん見ていなかったし。

「あたしが見てるのは、ずーっと雄太だけだよ？」

事実をありのままに伝えたら、なぜか雄太が不意打《ふいう》ちを食ったような顔になった。

唇をキュッと結んで、ほんの少し顔を赤くして、大きく見開いた両目をパチパチさせてこっちを見つめている。

その表情の意味がわかんなくて、あたしはポカーン状態。そしたら雄太は『まいった！』とでも言いたそうな表情をして、明るい声で笑いだした。

「お、お前って、ホント天然《てんねん》だよな！」

「な、なによお？　今さら」

あたしは両方のホッペを膨《ふく》らませて反論した。

それ、いっつも雄太があたしに対して言ってることじゃん。

『最高の天然』だの、『最強なボケ担当』だの、『天才的な鈍感力《どんかんりょく》』だのさ。

言葉のムードはやたら豪勢《ごうせい》だけど、それって絶対にほめてないよね？

鈍感なのはどっち？　もう十年以上片想いしてるのに、気づいてくれない雄太にだけは言われたくない！

まあ、気づかれても恥ずかしいし、どうすればいいかわかんなくなるから困るけど。

こんな微妙で繊細《せんさい》なあたしの気持ちも知らないで、最強ボケだのなんだの。あ、なんか無性《むしょう》に腹が立ってきた。

「……雄太のおバカ」

「なんだとー!?」

唇を尖《とが》らせて文句を言ったら、平手でオデコをペチペチされた。

これ、いつも雄太があたしにやる『連続ペチペチ』。

ぜんぜん痛くないけど、オデコを押されるたびに、勢《いきお》いに押されて体が後ろにのけ反《ぞ》っちゃう。

「わ、わわっ」

「おっと」

バランスを崩《くず》したあたしを、雄太が背中に手を回してヒョイッと支えてくれた。

雄太の手って、指が細くて少し華奢《きゃしゃ》なんだけど、手のひらが大きくていつも温かい。

頼もしさと男らしさを制服の背中越しに感じて、ドキッとして体が固くなる。

う、うわ。顔が勝手に赤くなってきた。これじゃ雄太に変に思われちゃうよ……。

「ねえねえ、そこのバカップルさーん。校内でイチャつかないでもらえますぅ?」

ドキドキしながら下を向いていたら、教室のドアから顔を覗かせたクラスメイトの海莉《かいり》が、笑いながら声をかけてきた。

海莉とあたしは中学の頃からの親友同士。

スッキリ短めな髪と、アーモンド形の大きな目と、彫《ほ》りの深い顔立ちがとってもキュートな元気っ娘。

少し引っ込み思案《じあん》なあたしとはタイプが違うけど、すごく気が合うんだ。

「あんまりラブラブオーラを見せつけられると、うらやましすぎて、石ぶつけたくなるんですけどー」

「べ、べつにイチャついてないし！　ラブラブってなにそれ!?」

ニヤついている海莉に向かって、あたしはムキになって反論した。

あたしが雄太に片想いしてることは誰にも秘密なんだけど、親友の海莉にだけは中学の頃から打ち明けている。

だから海莉はあたしと雄太が一緒にいると、カップル扱いして囃《はや》したてるんだ。

たぶん、冷やかしながら応援《おうえん》してくれているつもりなんだと思うけど……。

恥ずかしいからヤメてって、何度も言ってるのに！

「ふふん。どうだ？　うらやましいだろ」

雄太がまるで見せびらかすように、あたしの肩に手を回してグッと抱き寄せた。

『へ？』と思った直後にお互いの体がピタッと密着して、あたしの背中が雄太の腕の中にすっぽり包まれてしまう。

なにが起きたのかわかんなくて、あたしはまたまたポカーン状態だ。

「あらら！　お熱いですねー！」

海莉が口もとに手を当てて大げさにニヤける。

雄太がいつもつけているコロンの香りがした瞬間、我に返った頭にカッと血が上って、一気に全身が熱くなった。

あ、あたし今、雄太に抱っこされてますよね!?　明らかに抱っこ状態ですよね、これ！

されてますよね!?　明らかに抱っこ状態ですよね、これ！

「ななな、なにしてんの雄太！」

慌てて雄太から一歩飛び退いたあたしは、ジリジリするほど火照《ほて》った顔で叫《さけ》んだ。

バカバカ！　海莉が見てるのに！

あ、いや、見てなかったらオッケーですって意味じゃなくて！

「公衆《こうしゅう》の面前《めんぜん》で、生徒会副会長がセクハラ行為《こうい》しないでください！」

「なに言ってんだ。合意ならセクハラは成立しないだろ」

「誰と誰が、なにを合意してるって!?」

「俺とお前が、ラブラブってことに合意してる」

「な……!?」

片想いしてる相手に、笑いながらそんなことを言われて、ただでさえバクバクしている心臓が破裂《はれつ》しそうになった。

海莉にも「ひゅ〜！　甲斐くん、言うねぇ」ってからかわれて、もう、頭のてっぺんから湯気が出そう！

ラ、ラ、ラブラブって……！

「違うし！」

「いや、違わないだろ。チビの頃からお前と俺は超仲良しじゃん。なんたって大切な幼なじみだからな」

サラリとそんなことを言って、雄太はまた楽しそうに笑った。

その屈託《くったく》のない笑顔とセリフに、たった今までカッカと火照っていた顔からスッと熱が引いて、胸の奥がズキンと痛む。

『ラブラブ』なんて言って、やっぱりふざけてただけじゃん。

雄太はあたしのこと、ただの幼なじみとしてしか見てないんだよね。

でもあたしは違うの。

好きなの。雄太に恋してるの。

あたしの気持ち、なーんにも知らないくせに。こんなふうに抱き寄せて、そんなこと言うな。

ただでさえ切なくて苦しいのに、余計に苦しくなるじゃん。

ぜんぶ雄太のせいだよ。雄太の……バカ。

――キーン、コーン。

ちょうどそのときチャイムが鳴った。

「お、予鈴だ。じゃあな瑞樹。高木《たかぎ》」

「はいはい。またねー」

陽気にヒラヒラ手を振る海莉と一緒に、黙って雄太の背中を見送る。

背が高くて姿勢のいい後ろ姿が隣の教室に入っていくのを見届けてから、あたしは深い息をついた。

「ちょっと瑞樹。またそんな悩《なや》ましいため息ついちゃって、なに考えてんの？」

ヒョイと身を屈めて顔を覗き込んでくる海莉に、あたしは弱々しく微笑みながら答えた。

「幼なじみっていう、近くて遠い、微妙な関係性について考えてる」

幼なじみって、改めて考えると本当に掴《つか》みどころのない関係だと思う。

一緒の学校に通ってるぶん、家族よりも長い時間を一緒に過ごしてるけど家族じゃないし。

お互いのことをよく理解しているところは、まるで親友みたいだと思う。

ほかの誰にも代われないぐらい大事な存在であり、誰よりも近い異性《いせい》同士。

そんな親友みたいな、家族みたいなあたしって、雄太から本当に異性として意識してもらえるのかな？

「きっと無理だよね。親友はともかく、家族相手に恋愛感情なんか抱かないもん」

「あんたたちは家族でも親友でもないでしょ？　幼なじみじゃん」

「幼なじみってこんなに距離が近いのに、恋愛となると一気に不利だよ。カップルになれる可能性低すぎ」

「それ考えすぎ。あたしの見解では、あんたらはもうすでに両想いだよ。充分に」

「充分な両想いって、なにそれ」

海莉の微妙な言い回しに、思わず笑った。

充分なくらい雄太から大事に思われているのはちゃんとわかってる。

重要なのは、その大事さの質っていうかベクトルっていうか。

あたしと同じ意味での感情であってほしいってことで。

「そこがズレちゃってると、ヘタにほかの女の子たちより大事に思われているぶん、余計に空《むな》しくて悲しい」

「瑞樹はもっと自信持っていいと思うけど。恋と人生には積極性《せっきょく》も大事だよ？」

「片想いの相手が自分のことを想ってくれている自信なんて、ないよ。だから片想いしてるんじゃん」

「あーもー、じれったい！　まるで最初から犯人わかってるミステリードラマで、犯人探しに迷走してる探偵役《たんてい》を見てるみたい！」

海莉が両手足をジタバタさせながら叫んだ。

「そっちじゃないだろ！って背中ドツキたくなっちゃう。結末はわかってるんだから、さっさと甲斐くん捕まえて安心させてよ」

「捕まえて安心とか、逃亡《とうぼう》犯の確保じゃあるまいし」

笑いながらこんな話をしている間に、予鈴で教室に集まってきたクラスメイトたちが次々と席に着いていく。

窓際の列の篠原《しのはら》さんは、斜《なな》め向かいの阿部《あべ》くんとカップル。すぐそこの席に座って友だちとおしゃべりしているあの子は、先月から部活の先輩と付き合い始めたらしい。

みんなすごいよ。信じられない。

だってカップルが成立したってことは、好きな人に『あなたが好きです』って告白したってことでしょ？

告白だよ？　好きな人に、こくはく!!

そのシーンを自分に置きかえて想像《そうぞう》するだけで、顔から血の気が引いて失神《しっしん》しそう。

恐怖《きょうふ》で心臓がバクバクして息が苦しくなる。

あたしには無理！　絶対に無理！

同じ恐怖体験でも、『告白か、スカイダイビングかどっちか選べ』って言われたら、迷わずパラシュートに飛びつくくらいの自信はある。

みんな、なんでそんな勇気があるの？

「ＯＫしてもらえる保証なんてどこにもないのに、なんでそんな危険な道を選べるのかな？」

「そりゃあ、その危険な道の先に好きな人がいるからでしょ」

それってもう『Ｑ、人はなぜ山に登るのか？』『Ａ、目の前に山があるから』的な、理屈《りくつ》を超越《ちょうえつ》した世界だよね。

心から尊敬《そんけい》はするけれど、あまりにもハイレベルすぎてついていけない。

「瑞樹ってメンタル弱いとこあるもんね。高校受験のときも先生たちから合格間違いなしって言われてたのに、必要以上に不安がってた」

海莉がヒョイと肩をすくめてクスリと思い出し笑いをする。

「合格祈願《きがん》って神社に毎日通い詰めてさ。ちょうど流行《はや》ってた新型インフルエンザに罹《かか》って、危うく受験できなくなるところだったよね」

「……入試直前に生ガキで食中毒になった人には言われたくないけど」

「ほんと、お互い無事に合格できてよかったよねー。それはともかく、ふたりが両想いなのは確実なんだから、さっさとくっついてあたしの恋の手助けしてよ」

海莉があたしの肩をポンポンと叩《たた》いた。

実は海莉は一年生の頃から、生徒会長のことが好きなんだ。

生徒会長の関《せき》先輩は、いつもスマイル全開の人気の愛されキャラ。成績は優秀なんだけど、年上とは思えないくらい天然で抜けてるところがある。そういう面白いところを同級生たちから見込まれて、半分ノリで生徒会長にされちゃった感じだ。でも責任感のある誠実《せいじつ》な仕事ぶりから、信頼はとても厚い。

雄太が生徒会役員になったのがきっかけで、海莉も生徒会長とたまに話すようになって、その優しくて飾らない人柄にすっかり惹《ひ》かれてしまったらしい。

「ふたりがくっついてくれたら、ダブルデートとか誘いやすいし。アテにしてるんだから協力してよ」

「そりゃ協力したい気持ちは山盛りだけど」

「甲斐くんって瑞樹へのラブがダダ漏《も》れじゃん。ふだんの態度見てればわかるよ。あれでただの〝親愛〟だったら逆にヤバイよ。距離感間違ってる」

「だって、昔からそれが普通だったもん。あたしたち」

「あんたらって普通に怖い」

「うん、怖い。この関係が変わっちゃったらって思うとすごく怖い」

少なくとも今、あたしは雄太から大事に思ってもらっている。

それがどんな感情にしろ、あたしのことをほかの誰とも違う特別な場所に置いてくれている。それは純粋《じゅんすい》にうれしいんだ。

だから、もしもあたしの気持ちを知られたとき、その場所にいられなくなるのが怖い。予測不能な変化が不安なんだ。あたしはいつまでも、雄太にとって特別な存在でいたい。

この居場所を失いたくないんだよ。

「……まあ、瑞樹の今の状況を思えば、そう考えちゃうのもわかるけど、ね」

海莉が少し声のトーンを落として慰《なぐさ》めるように言った。

「どう？　お母さんは相変わらずなの？　お父さんとはちゃんと会ってる？」

「あー、うん。まあ」

どう答えればいいか言葉に詰まって視線を揺らすと同時に、本鈴が鳴った。

「あ、席に座ろ。もう先生来ちゃう」

あたしはわざと明るい声で作り笑顔を浮かべながら、自分の席へと戻った。

始まりの予感

授業を終えた放課後、委員会活動に召集《しょうしゅう》されたあたしは、ジャージに着替えて校外へ向かった。あたしが所属している美化《びか》委員会は、地域へのアピールのためなのか、校外での活動がやたらと活発《かっぱつ》だ。

近所の公園のゴミ拾《ひろ》いとかは、どこの学校でもやってることだと思うけど……。

「でも横断《おうだん》歩道の信号機を、脚立《きゃたつ》に上ってぞうきんで拭《ふ》くのって、一般の高校生がやんなきゃなんない仕事かなー!?」

校門を出てすぐの場所にある信号機の拭き掃除《そうじ》を命じられたあたしは、悲鳴を上げた。同じグループの子たちは、ジャンケンで負けたあたしが脚立の上で大騒《さわ》ぎしているのを、下から笑って見ている。

歩行者用信号機って実際にはそれほどの高さじゃないし、落ちたところで命に別状はないけど、やっぱり怖いぃ！

「よお瑞樹。頑張ってるか？」

「雄太!?―

ふと下を見ると、どうやら様子を見にきたらしい雄太が、あたしを見上げながら笑っている。

「雄太！　そこから生温かく見守ってないで、代わってくれたらすごくうれしいんだけど！」

「美化委員会の大事な仕事に、部外者の俺が手出しはできないからなぁ」

「でもこれ美化委員会の仕事っていうより、お役所の仕事だよね!?　それにあたしが高所恐怖症気味《ぎみ》だって知ってるよね!?」

「知ってる。だから絶対に見逃せないと思って、わざわざ笑いにきた」

「ちょ、勝手にスマホで撮影するな！　鬼《おに》ーっ！」

「ほら、いつまでもそうしてないで早く仕事しろよ。信号機にしがみ付いてる手をはなさないと拭けないぞ？」

雄太がスマホを構えながら、みんなと一緒に大爆笑してる。

こんなふうに大笑いしてる雄太の笑顔はとびっきり素敵で、ふだんだったら大好きだけど……。

「ゆうたぁ！　あとで覚えてなさいよ！」

ヒィヒィ言いながらどうにか掃除を終えて、お役目から解放されたあたしは、ようやく脚立から下りて大きく息をついた。

「お疲れ。もう帰っていいんだろ？　今日一緒に帰ろうぜ」

靴底《くつぞこ》のアスファルトの感触《かんしょく》をしみじみ確認していると、雄太にポンと背中を叩かれて、目を丸くした。

「え？　今日一緒に帰れるの？」

ふだん生徒会の活動をしている雄太とは、なかなか下校の時間が合わなくて、一緒に帰るチャンスはあまりない。小学校も中学校も毎日一緒に下校してたのに、高校生になってからは数えるくらいしか一緒に下校していなかった。

「おう。先に戻って制服に着替えて待ってろ。ちょっと美化委員長と話したら迎えにいくから」

「う、うん！」

うわあ、うれしい！　久しぶりに雄太と一緒に帰れる！

さっきまで文句タラタラだったあたしの気分は、おかげで一気に急上昇。

汚《よご》れたぞうきんを握りしめてニヤけているあたしを見て、雄太は笑いながら「じゃあ、あとでな」と委員長の方へ歩いていった。

ウキウキと掃除用具を抱え、みんなと一緒に学校に向かいながら振り返ると、雄太が委員長と話している姿が見える。書類を片手に話し込んでいる表情はすごく大人びていて、さっき大笑いしていた子どもっぽい態度とは別人みたいだ。

このギャップがまたカッコいいんだ。話し相手を真剣に見つめるときの視線の強さとか、さ。

ほかの誰とも違う、雄太だけの魅力《みりょく》だと思うんだよね。

ほら、また胸の奥が、なにかスイッチが入ったみたいにポッと温かくなる。

この素敵な人が、あたしの幼なじみ。そしてあたしは、そんな雄太の幼なじみ。

言葉にできない不思議な満足感を抱えながら、あたしは校舎に入って自分の教室に向かった。

言われた通り待っていると、しばらくして雄太が迎えにきてくれた。

「待たせたな。じゃあ帰るか」

「うん！」

元気に返事をしてリュックを背負《せお》い、雄太のもとへ子どもみたいに駆け寄った。

ふたり並んで廊下を歩きながら、あたしはフワフワ浮き立つ気持ちを抑《おさ》えるのが大変だ。階段を下りる間も、なんだか雲の上を歩いてるみたいで危なっかしい。

一緒に帰れるだけでこんなに幸せな気分になれるなんて、あたしってお手軽な性格だなあ。

それに、途中ですれ違う生徒たちの視線が気になって仕方《しかた》ないんだ。

だってさ、こうして一緒に下校するのってさ、なんかカップルっぽくない？

知らない人が見たら、あたしたちカップルに見えるかも！

実際そうじゃないのは自分が一番知ってるけど、やっぱりうれしい。

気分だけでもカップル感を味わうのは自由だよね？　こっそり楽しんじゃってもいいよね？

「どうした？　さっきからやけに無口じゃね？」

ニヤニヤしそうな唇をギュッと閉じてガマンしていたら、雄太に不思議そうに聞かれて、慌てて「なんでもないよ」って答えた。

まさか『恋人ごっこがうれしくて勝手に幸福感に浸《ひた》ってます』なんて、言えない。

雄太はどう思ってるんだろ？　周りから誤解《ごかい》されるかもとか、考えたりしないのかな？　一緒に帰れてうれしいとか、照れくさいとか、ちょっとは思ってくれているかな？

あたしの半分でもいいから意識してくれないかな？

そんな願いを込めながら、隣で靴を履《は》き替えている雄太を見上げると、その表情はまったくふだん通り。周りの視線を意識しているのかどうかなんて、ぜんぜん読めない。

読めないからこそホッとしたり、でも少しだけ物足りなくも感じたり。

どっちつかずの気持ちがなんだかくすぐったくて、あたしはリュックのショルダーストラップを握る手に力を込めた。

生徒玄関を出て校門から離れるにつれて、校庭で活動している運動部員たちの掛け声が遠ざかっていく。通い慣れた通学路の商店街を歩きながら、あたしたちは今日一日の出来事《できごと》を教えあった。

「今日さ、生徒会室が使えなくて理科室を利用したんだ。内臓丸出しの人体模型《もけい》と骨格標本《ひょうほん》にガン見されながら、真面目な顔して議題を進めてる生徒会長の姿が、かなりシュールだった」

「ぶふっ。それ海莉に教えてあげなきゃ。そういえば今日のお昼ね、海莉がお弁当のおかずに納豆《なっとう》持ってきたの。お取り寄せの特製水戸《とくせいみと》納豆を、なんと、三パックも一気食い！」

「マジかそれ」

「うん。海莉は『最高！』って幸せそうだったけど、周りに納豆の匂《にお》いが充満して大変だったよ」

「あいつのそういう個性的なキャラって貴重だよな。俺、本気でちょっとリスペクトしてるわ」

車道を走る車の音に、ふたりの笑い声が重なる。

あたしの知らない今日の雄太と、雄太の知らない今日のあたしが、こうして少しずつ混じりあっていく。

隣でアスファルトを踏む大きな革靴が、あたしの歩幅に合わせてくれる優しい足音。時折あたしの名前を口にするリズムと、イントネーション。

まるで、お気に入りの心地いい音楽を聴《き》いているみたい。

ランドセルを背負った小学生たちが横を走り抜けていったり、すぐそこの保育園から親子連れが出てきたり。そんなふだん通りの光景を特別に感じるのは、大好きな雄太が隣を歩いているからだ。店先に置かれた看板《かんばん》の色も、街路《がいろ》樹の葉が夕方の風に揺れる動きも、雄太がいればキラキラのエフェクトがかかったように見える。

ただ雄太が存在しているってだけで、ここまで世界が違って見えるんだ。

ねえ、もしかしてキミは、あたしを幸せにする魔法《まほう》を使えるんですか……？

「ん？　今なにか言ったか？」

まるで心の声が聞こえたみたいに、雄太がヒョイと振り向く。

「ううん。なにも」

あたしは少し微笑んでフルフルと首を横に振った。

こんな乙女チックなことを考えているなんて、内緒。

なんでもないふりをして笑って、口にする話題も、恋とはまるで関係ないことばかり。

気持ちを隠すのには、慣れっこだよ。こんなに胸が熱くてドキドキしてることなんか、絶対に言わない。

こんなに雄太への想いでいっぱいになっていることも、絶対に教えない。

どんなに体中からあふれ出しそうになっても、伝えない。

だって……好きなんだもん。切ないくらいに好きだから、胸が痛くなるくらいすごく好きだから、言えないんだよ……。

あたしに話しかける雄太の唇の動きや、笑いかけてくる眉《まゆ》のラインを黙って眺《なが》めながら、そんな自分の心を見つめてる。

『好き』の幸せと、『秘密』の寂しさが、いつも心の奥でシーソーみたいにユラユラしている。

少し寂しさの方が勝ちそうなのは、あたしたちを照らす夕焼け色が、切なくなるほどきれいなせいかな?

「なあ、夕日、すげえきれいだな」

不意に雄太が空を見上げて言った。

「なんか夕焼け空って、きれいすぎて胸が切なくなる」

その言葉と、うっすら朱色《しゅいろ》に染まった雄太の横顔に胸がキュンと痛んだ。

同じこと考えてたんだ。うれしい……。

こういう小さな繰り返しで、また雄太を好きになっていく。

あたしは日暮《ひぐ》れの空に向かって、好きの痛みを逃がすみたいに小さく息を漏らした。

「今日はあんまり話さないんだな」

雄太にそう言われて、自分がさっきからずっと黙り込んでいるのに気づいてハッとした。

いけない。せっかく雄太と一緒に帰っているのに、つい自分の世界に入り込んじゃった。

なんか話さなきゃ。ええと……。

「もしかして、家のこと？　またなんかあったのか？」

なにか話題を提供《ていきょう》しようと口を開いた瞬間、思いがけないことを言われて言葉を失った。

不意打ちの重みが胸にズシンと響く。

「もしかしてまたケンカしたのか？　おじさんとおばさん」

心配そうに聞かれたけれど、どう答えればいいかわかんなくて視線がフラフラさまよう。一生懸命言葉を探したけれど、なにも出てこない。

結局重い気持ちに引っ張られるみたいに、下を向いて答えた。

「ううん。ケンカしてくれれば、まだいいんだけどねー」

実はうちの両親は、去年からずっと別居《べっきょ》中なんだ。

あたしが中学校を卒業する前あたりから、ふたりの様子がおかしくなった。

前はよく会話してたのにあまり話さなくなって、笑顔がなくなって。

変だなって不安に思っているうちに、どんどんケンカが多くなっていった。

たぶん以前から、あたしの見ていないところでケンカを繰り返していたんだと思う。

あたしが心配しないように気を遣ってくれていたんだろう。

でも、そんな配慮《はいりょ》もできないくらいの状態になったらもう、あとは早かった。急にケンカがピタリと収まったと思ったら、お父さんが家を出ていってしまったんだ。

『瑞樹、お父さんとお母さんはな、少し距離を置いてお互い冷静になろうって話し合ったんだ』

『ごめんね。でも大丈夫だから。きっとまたもと通りになるから心配しないでね』

久しぶりにソファーに並んで座ったふたりから、真顔《まがお》でそんな宣告《せんこく》をされた。

もうそれは大人同士の間で決まったことで、娘のあたしの気持ちも反対も、あったもんじゃなくて。

相談ひとつされなかったあたしは、黙ってうなずくしかなかった。

そうして、問答無用《もんどうむよう》でお母さんとあたしのふたり暮らしが始まったんだ。

「おじさん、たまに帰ってくるんだろ？」

「うん。あたしに会いにね。お母さんとは口もきいてないみたいだけど」

お父さんがまだ家にいた頃、両親のケンカを見るのがすごくすごくつらくて、苦しかった。親のケンカが楽しい子どもなんて、世界中のどこを探してもいないと思うけど。でもケンカしてる間は、まだいいんだ。ケンカもできなくなったら……もうダメなんだね。

「不仲な両親を持つと子どもは本当に苦労するよ。ま、親の復縁《ふくえん》は今さらもう諦《あきら》めてるけどねー。あはは」

あたしは顔を上げて、前を向いたまま笑い飛ばした。

だってさ、笑うしかないんだもん。

本音は笑うどころじゃない。でもこうやって自分を騙《だま》していないと、足もとがガラガラ崩れ落ちそうなんだ。まだギリギリ保っているものが崩れ落ちて、二度ともとに戻らなくなっちゃいそうで怖い。

雄太は、そんなあたしを黙って見ている。

言葉はないけど、心配とか気遣いとか、温かいものがいっぱい詰まった視線を感じて心が和《なご》んだ。

雄太とは家族ぐるみの付き合いだから、あたしの身に起きた出来事を、自分のことのように案じてくれている。無理に元気を出そうとしているあたしの気持ちを、本当の意味で一番理解してくれているのも、たぶん雄太だ。

これ以上傷つけられるのを恐れるように、嘘で必死に包んだホントの気持ち。なにも言わずに見透《す》かしてくれて、ありがとう雄太……。

「ねえ、あたしがもっと頑張っていれば、別居を阻止《そし》できたのかな?」

雄太の優しさに甘えるようにポロリと本音が出た。

あたしって、なんの力もない、ただの子どもなんだな。

重大な出来事を前にオロオロしてるだけ。息を詰めて成り行きを見守ってるだけ。もっと両親のためになにかできたんじゃないかな? あたしが、なんとかしてあげられたんじゃないかって考えちゃうんだ。

具体的になにをって聞かれたら、それは自分でもよくわかんないけど。

「自分を責《せ》めるのはやめろよ」

雄太が静かに、でもはっきりとした声で言う。

「こういうことって誰が悪いわけでも、誰の責任でもないだろ。それにお前はちゃんと頑張っていたろ?」

「べつになにも頑張ってなかったよ。なーんもできなかった」

「いや、お前は頑張ってた。ちゃんと学校に行って、勉強して、家事も手伝って、高校にも進学した」

「それ普通のことじゃん」

「違う。苦しいときに〝普通〟に過ごすことはぜんぜん普通のことじゃない」

そう言いながら何度も首を横に振る雄太の前髪が揺れる。

整った顔を夕日が照らして淡い影を作り、いつもと少し違う雄太の雰囲気に目が惹きつけられた。

「お前は歯を食いしばって、親のためにせめて自分だけでもいつも通りでいようと努力してた。俺、知ってる」

赤信号の横断歩道の手前で立ち止まり、雄太はあたしと真っ直ぐ向きあった。

そしてあたしの頭の上に、ポンと右手を載せる。

「俺はちゃんとわかっているよ。瑞樹」

耳に優しい低い声が、行き交《か》う車の音に紛《まぎ》れることなく心に届いた。

あたしを見つめる雄太の肩越しに見える空も、雲も、鮮やかな朱色に染まっている。

あたりの空気も優しい黄昏《たそがれ》色になって、向かいあうあたしたちをすっぽり包み込んでいる。

慰めるような雄太の手が頭の上でポンポンと動いて、その手の重みが、大きさがうれしくて、両目がジワリとにじむ。

「ありがと……。雄太」

雄太はいつも優しい。

いつもあたしを認めてくれる。支えてくれる。守ってくれる。

すごくうれしいよ。でも、すごく切なくもあるんだよ。

だってそのたびにあたしは、どんどん雄太を好きになっていくから。

いつかこの気持ちを抑えきれなくなりそうで、気づかれてしまいそうで、ちょっぴり怖いよ。

「お前さ、俺の前では強がったりしないで素直に泣けよ。ちゃんと受け止めてやるからさ」

あたしの気持ちを知らない雄太が、ニッと笑って、またそんな好きになってしまいそうなセリフを言うんだ。

「さあ、今すぐ俺の胸に飛び込んでこい。俺はいつでも準備オーケーだ！」

雄太がガバッと両腕を広げて、おどけた表情を見せた。

洟《はな》をすすっていたあたしは思わずブッと吹きだす。

やだもう雄太ってば。それはさすがにちょっとドラマチックすぎ。

「謹《つつし》んでご遠慮《えんりょ》申し上げます」

「うぉぉ！　丁重《ていちょう》にお断りされてしまった！」

あたしと雄太は、一緒になってカラカラと笑い声を上げた。

ちょうど信号が青に変わって、雄太が横断歩道の先を向く。

「じゃ、また明日な」

「うん。また明日」

雄太の家は横断歩道を渡った向こう側にあるから、ここでお別れ。

笑顔で手を振るあたしの心は、さっきと比べると嘘みたいに軽くなっていた。

これも雄太のおかげ。雄太は子どもの頃からあたしの心を癒《いや》す名人だ。

バイバイするのは寂しいけれど、『また明日』って言いあえることに感謝だ。

だってバイバイは、明日もあたしの隣にいてくれる約束なんだもの。

「お前って泣き顔もかわいいけど、やっぱ笑顔が一番かわいいな」

急に雄太の右手が伸びてきて、キョトンとしているあたしのホッペのお肉を優しくつまんだ。

……え？　え⁉

不意打ちで頬に感じた指の体温と、あたしを見つめる雄太の瞳の甘い輝きに、一瞬で心を射貫《いぬ》かれて棒立ちになる。

「この笑顔を守るためならなんだってするから、もっと俺に甘えろ。俺、お前に甘えられるの好きなんだ。お前にとって俺が一番なんだって優越感を感じられてさ」

ドキン！

心臓が破裂しそうになるのと同時に、雄太の手がホッペから離れていった。

「ま、俺にとってもお前が一番大切な女だけどな。……特別な意味で。じゃあな、鈍感女」

軽く手を上げ、雄太が横断歩道を歩き始める。

背の高い背中を見つめるあたしの胸は、ドキドキがどこまでも加速して今にも飛びだしそう。

ねぇ雄太。今の言葉の意味って……？

顔、すごく赤かったのはあたしの見間違い？　それとも夕日のイタズラ？

声にならない問いかけも、雄太の後ろ姿も、夕日に染まった町の中に紛れていく。

淡い金色の光。朱と藍《あい》色が混じる空と雲。

黄昏色のビルの群れと、歩道を行き交う見知らぬ人たち。

まるで切り取られた一枚の写真のような景色の中で振り返り、あたしに向かって手を振る人。

あたしの、大好きな人……。

歩道を挟《はさ》んで向きあい、手を振り返しながら、どうしようもないくらい雄太への感情が膨れ上がる。

いくらでも大きくなるよ。どんどん熱くなって、もう止まらないよ、雄太。

もっと雄太に寄り添ってもいいの？

もしかして、この気持ちを伝えてもいいの？

絶対に無理だと思っていた一歩を、踏みだしてもいいの？

勇気を出して告白したら、あたしたちの未来は変わるって希望を持ってもいいの？

ドキドキする熱い胸の中で、そんな期待と夢が入り混じる。

頭上を通り抜ける風に吹かれた木々の葉が、さわさわと小さな声をたて始めてる。

あたしは一歩も動けないまま、もう見えなくなった雄太の姿をいつまでも目で追い続けていた。

どうにもできない終焉《しゅうえん》

しばらく横断歩道の前でボーッとしていたあたしは、ようやく我に返った。

気がつけば、いつの間にかもう太陽は沈んでいて、空もだいぶ暗くなっている。

うわ、時間が飛んじゃった！　とにかく家に帰ろう。

そう思って家へ急ぐ間も、心は雄太のことでいっぱいで、なんだか現実感がない。

『俺にとってもお前が一番大切な女だけどな。……特別な意味で』

雄太の言葉が耳の奥でリフレインされて、周囲の音なんかまるで聞こえない。

幸せな気持ちが湧《わ》き水みたいにどんどんあふれてきて、勝手に顔がニヤけてしまう。

薄暗くてよかったー。ひとりでニヤニヤしながら歩いてたら、変人に思われちゃう。

ほっぺた、雄太にムギュッてされた……。

こんなこと、きっとほかの女の子にはしないよね。あたしだけだよね？

まだ指の感触が残る頬に手を当ててウットリしながら歩く間も、どんどん日が暮れて、周囲は薄暗さを増していく。

ライトを点灯《てんとう》させた車の波の横を歩きながら、横道に入って住宅街へ向かった。

自宅に着いて、玄関のカギを制服のポケットから取り出そうとしたとき、急にドアが開いてぶつかりそうになった。

ドアの陰から顔を出した人を見て、あたしは大きな声を上げる。

「あ、お父さん！」

お父さんも驚《おどろ》いた顔をして、半開きのドアを押さえながらこっちを見ている。

「み、瑞樹、今日はまだ帰ってこないはずじゃなかったのか？」

「うん。予定ではもう少し遅くなるはずだったんだけど、委員会がいつもより早めに終わったから」

お父さん、どうしたのかな？

だっていつもは週末にしか帰ってこないのに。この前会ったのは、ほんの三日前だ。

「どうしたの？　今日も来てたの？」

そう話しかけながら、自分の声が少し弾《はず》んでるのがわかった。

だって家に帰ってくる回数が増えるのっていいことじゃない？

もしかしたら、お父さんとお母さんの関係がだんだん修復されてきているのかも！

「あ、ああ。お母さんに話があってな」

その言葉を聞いて、あたしの心はますます明るくなった。

お母さんと話したの？　これまでお父さんが帰ってきてもあたしとばかり話してい

て、その間お母さんはそばにも寄ってこなかったのに。

うわあ、これってやっぱりいい方向に進んでいるんじゃない？　期待しちゃう！

ん？　あれ？　でもお父さん、今家から出るところだったんだよね？

せっかく来たのに、あたしには会わずに帰るつもりだったってこと？

「あの、瑞樹、じゃあお父さん今日はこれで帰るから」

そう言ってドアから出てきたお父さんは、硬《かた》い表情であたしの横をすり抜けた。

あたしとは目を合わせようとしないその様子に、それまで浮かれていた気持ちに急に暗い影が差す。

なにか、変だ。この嫌《いや》な感覚、覚えてる。

お父さんとお母さんの関係が悪化し始めたときに感じた、悪い予感。

なにかが大きく変わってしまうような、たまらない不安。

「あのな、瑞樹」

立ち去りかけたお父さんが立ち止まって、チラリとあたしを見た。

なんだか、必死に勇気を振り絞《しぼ》っているような表情で。

「なに？　お父さん」

お父さんはなにかを言おうとして唇を動かしたけれど、すぐに口を閉じてしまう。

そして、気まずいものから目を逸《そ》らすみたいに視線を下げた。

「また、来るから」

結局それだけ言って、お父さんは逃げるように足早に立ち去っていく。

あたしはその背中を見送りながら、ザラザラする心の中で問いかけた。

ねえ、お父さん。今なにを言いかけたの？

あたしになにを言うつもりだったの？　なにを言えなかったの？

口に出せない言葉が、心の中で転げ回ってカラカラ響く。

お父さんとお母さんから別居の話を聞かされた瞬間の光景が、鮮明に甦《よみがえ》った。

お父さんの姿が完全に見えなくなって、近所の家の窓にポツポツと明かりが灯っても、あたしはまだ突っ立ったままだ。

家の中に入りたくない。

入ったらきっと、恐れていることと向きあわなきゃならなくなる。

悶々《もんもん》と考え込んでいる間に、あたりは急速に暗さを増して、空気も視界も濃い藍色に変化していく。

覚悟を決めたあたしはドアを開けて、家の中に入るしかなかった。

家の中は電気がひとつも点《つ》いていなくて、その暗さのせいでますます不安が募《つの》る。

玄関で靴を脱ぎ、たいして長くもない廊下をノロノロと進んで、リビングに向かった。

大きく開け放《はな》たれた白い扉の向こう側から聞こえてくるのは、お母さんの泣き声。

その悲しい小さな泣き声が、どうしようもないほどあたしの嫌な予感を確信に近づける。

おそるおそるリビングに一歩入ると、暗い部屋の中でソファーに崩れるように倒れ込んで泣いているお母さんの姿が、目に飛び込んできた。

バクンと心臓が痛んで、あたしは反射的に壁のスイッチを押して電気を点けた。

この目の前の重苦しい光景に、せめて救いがほしいと思って。

部屋がパッと明るくなり、お母さんがビクリと背中を震わせながら身を起こした。

「お母さん」

自分でもびっくりするほど声がかすれていて、あたしは反射的にゴクリとツバを飲み込んだ。

「今そこでお父さんと会ったよ」

「……そう」

お母さんの声はこれまで聞いたこともないような鼻声でガラガラだ。

よほど長い時間、泣いていたんだろう。

「お母さん、どうかしたの？」

本当はなにも聞きたくなかった。

でも聞かずにはいられないくらい、お母さんの顔は涙でグチャグチャだ。

瞼がひどく腫《は》れて、目の周りも鼻の頭も真っ赤。そしてすごく苦しそうに息を漏らしながら声を出す。

「お父さんから、もうなにか聞いたの？」

「ううん。お父さんなにも言わなかった」

「……そう。あの人、つらいことはすべて私に押しつけるつもりなのね」

唇の端を歪《ゆが》ませて、お母さんは涙をこぼした。

「瑞樹、聞いてちょうだい。お父さんとお母さんね……」

嫌だ。

とっさに心が叫んだ。

なにも聞きたくない。お願い。お願いだからどうか、このままなにも知らないままにさせて……！

「お父さんとお母さんね、離婚《りこん》することになったの。ごめんね」

ああ……！　足もとに静かな爆弾《ばくだん》を落とされたような気がした。

全身に『絶望《ぜつぼう》』っていう名前の衝撃《しょうげき》が走って、体の細胞《さいぼう》が悲鳴を上げる。

心臓は騒々《そうぞう》しいくらいに動悸《どうき》が激しくなって、あたしの中の大切な物がガラガラ崩《ほう》壊《かい》していくのに、部屋の中は嘘みたいに静まり返っているのが不思議だった。

「……どう、して？」

どうにか声を絞りだすあたしの目に映《うつ》るのは、ソファーの向こうの壁紙《かべがみ》に記された、黒くて短いライン。まだ小さかった頃、お父さんとお母さんが毎年あたしの誕生日《たんじょうび》の記念に、身長を測って印をつけてくれた。

笑顔だった。

間違いなく、記憶の中ではみんな笑顔だったのに。

「どうして離婚するの？　もう好きじゃないの？」

声は震えているけれど、なぜだか涙は出てこない。

今のこの状況を信じられなくて、まだ受け止めきれないから。

『こんなの嘘だ』って悪あがきしたい。

だって本当は諦めていなかった。

いつか。どうにかして。なんとかもう一度。

そんなふうに、家族がまたもと通りになる希望を捨てていなかった。

雄太には『両親のことはもう諦めている』って言ったけど、そんなの嘘だよ。

嘘に決まってるじゃん！

だからお願い。お母さんもお父さんも、こんなの嘘だって言ってよ！

それとも……。

「それとも本当は、お互いのことなんか好きじゃなかったの⁉」

あたしは強く拳《こぶし》を握ってお母さんを責めた。

心の隅《すみ》っこから、『お母さんを責めても仕方ないよ』って冷静な声が聞こえたけれど、その声に気持ちが強く反発する。

だって責める権利くらいあるじゃん！

好きで結婚したのに、なんで別れるの⁉　なんでずっと一緒にいられないの⁉

「結婚までしたくせに、本当はお父さんのこと好きじゃなかったんでしょ⁉」

「本当に好きだったわ。子どもの頃からずっと。だから、ずっと一緒にいられると心から信じていたのよ」

「だったらどうして⁉」

「あの日、お母さんとお父さんは幼なじみを超えて、恋してしまったから」

思いがけない言葉が返ってきて、あたしは言葉を飲み込んだ。

な、なにそれ、意味わかんない。

「幼なじみに終わりはないけれど、恋には終わりがあるの。お母さんたちは恋人同士になった時点で、終わる可能性のある道を進んでしまったのよ。そして今日、終わりが来てしまった」

空洞《くうどう》みたいに虚《うつ》ろなお母さんの両目から、涙が次々とこぼれ落ちる。

「こんなことなら……」

震える言葉は、あたしよりも自分自身に語っているように聞こえた。

「想いを……伝えあわなければよかった……」

振り絞るようにそう言って、お母さんがまたソファーに崩れ落ちてすすり泣く。

まるで力尽《つ》きて倒れた動物みたいなその姿に、かける言葉なんか、どこにも見つからない。ただもう、『ああ、この家族は終わったんだ』っていう、抗《あらが》いようのない事実だけが目の前にある。

この悲しい事実を目にし続けるのは、あまりにもつらくて。

無力なあたしは握りしめた拳を緩めて、黙ってここから立ち去ることしかできなかった。フラつきながら階段を上がり、自分の部屋に入ってドアを閉め、カーペットの上にペタンと座り込む。

心は『どうしよう。どうしよう』って、なにかに追い立てられるみたいに焦《あせ》っている。なのに頭はボンヤリ霞《かす》んで、なにも考えられないよ。


なんかもうグチャグチャだ。

あたし今、悔《くや》しいの？　悲しいの？

それとも怒《いか》りなの？　自分でもわからないけれど、とにかく胸が苦しいよ。

苦しくて苦しくてたまらないよ！

──～♪

制服のスカートのポケットから着信音が聞こえて、あたしはビクッと体を震わせた。

この着信音、雄太だ。

なんとなく直感が働いた。きっと雄太はこの状況を知って、心配して電話をかけてきたんだって。

うちのお母さんと雄太のお母さんは親友同士で、なんでも相談しあっているから。

急いでポケットからスマホを取り出して電話に出ると、少し緊張した雄太の声が聞こえてくる。

『瑞樹？　俺』

「……うん」

『話、聞いた』

「うん」

やっぱりと思いながら短い会話だけを交わして、それから少し沈黙が流れた。

電話の向こうで、雄太が言葉を探している気配が伝わってくる。

大丈夫か？とか、たぶんそんな慰めの言葉を探してくれているんだろうな。

でも大丈夫じゃないことなんてわかりきっているから、なんの言葉も出てこないんだろう。この沈黙が、逆に雄太があたしの悲しみや苦しみを理解してくれてる証《あかし》のようで、それだけで慰められた。

しばらくそうしてお互い黙りこくったあと、ようやく雄太が遠慮がちに話し始める。

『俺、本当は今すぐお前ん家に行きたい。けど……』

「うん。わかってる」

いくらあたしのことを心配していても、いくら家族同然だからといっても、こんな大変な状況のよその家庭にノコノコ乗り込んでくるようなことはしない。

雄太は、そういう冷静な線引きがちゃんとできる人なんだ。

「今日はあたしも頭の中がごちゃごちゃだから。明日、話を聞いてくれる？」

『もちろん』

「ありがとう。電話うれしかった。それじゃまた明日ね」

『ああ。また明日』

あたしは通話を終えて、スマホを見つめた。

ありがとう、雄太。本当に本当にありがとう。

雄太の声の名残《なごり》を求めてスマホを胸にギュッと押し当てたら、ほんの少しだけ気が楽になった。だけど、心に余裕ができたぶん、さっきお母さんが言っていた言葉が頭の中に甦ってくる。

『幼なじみに終わりはないけれど、恋には終わりがあるの』

……終わり。

そうだ。もう終わってしまった。かけがえのない大切なものは、ついに崩れてしまった。もう二度ともとには戻らない。あたしは永遠に失ってしまったんだ……。

「うっ……。うぅ……」

胸がギュッと潰《つぶ》されるみたいに痛んで、反射的に立ち上がったあたしは、フラフラと窓に近寄ってカーテンに掴まりながら外を眺めた。

お隣の家族がリビングに集まり、楽しそうに笑ってる様子が見えて、カーテンを握りしめる両手が発作のように震える。

喉の奥から勝手に泣き声が飛びだしてきて、歯を食いしばることもできない。

両目から雨みたいに涙が流れて、頬を伝ってポタポタと顎《あご》から落ちていく。

お父さん、どうして？

お母さん、どうして？

お父さんとお母さんにとって、この家族は失っても構わないものだったの？

でも、でもあたしにとっては……！

カーテンを引きちぎりそうになるほど思い切り引っ張り、両目に押し当てながら、あたしはわぁわぁと声を上げて泣き続けていた。

悲しい答え

それからあたしは一晩中、どんなにお母さんがドアの外から呼びかけても、部屋の中から出なかった。諦めたお母さんが晩《ばん》ご飯《はん》をわざわざ部屋の外まで運んでくれたけれど、まったく手をつけなかった。

とにかく現実逃避《とうひ》がしたい。

ベッドに丸まって目を閉じて、必死に頭をカラッポにして自己防衛《ぼうえい》しても、涙は次々とあふれてくる。何時間たっても涙はちっとも止まってくれなくて、枕《まくら》カバーがビショ濡れになっても、まだ泣いて。

いつの間にか泣き疲れて、うとうと眠ってしまっていた。

そして夜が明けて、閉じたカーテン越しの朝日が部屋を明るくする。

目覚めたあたしは、人形みたいに力なくベッドに横たわってボーッと天井を見上げていた。

……学校、行かなきゃ。

本当は休みたいけど、休むなら理由を先生に説明しなきゃならない。

『うちの両親が離婚することになりました。悲しいから学校休みます』って?

そんなこと説明するくらいなら、無理してでも学校に行った方がまだマシだ。

それにお母さんに、学校休みたいって言うのも、責めているみたいで気が引ける。

これ以上お母さんを苦しめたくない。

あたしは、別居してからずっとお母さんが苦しんでいたのを一番身近で見てきた。

苦しいのも悲しいのも、あたしだけじゃないってこと、ちゃんと知ってる。

だからこれ以上、あんなふうにお母さんが泣く姿を見たくない。

もそもそとベッドから起き上がってダイニングに行くと、お母さんが機械的に動き回りながら、朝ご飯の用意をしてた。まるでロボットみたいな無表情。あんな顔した母親に、なんて声をかければいいんだろう。

「……おはよう。お母さん」

「あ、瑞樹。おはよう」

あたしの顔を見てお母さんは少しホッとした表情になったけれど、すぐにあたしから目を逸らして、また機械的に手を動かし始める。

その姿が、昨日のお父さんの姿と重なった。

ふたりとも、あたしから目を逸らしてばっかりだ……。

テレビの音も聞こえない、信じられないほど気まずく静まり返った空気が部屋中に充満していて、肺を圧迫《あっぱく》して息苦しい。

あたしは黙ってテーブルに着いて、無理やりカップスープを口にした。

黙々とトーストを飲み込み、お母さんから逃げるようにダイニングを出て、身支度《みじたく》を整える。行ってきますの挨拶《あいさつ》もしないまま玄関を出て、学校に向かいながら、また悲しみが込み上げてきた。

通学路の途中で目にする人たち全員が、すごくうらやましく見えたから。

あの子も、あの人も、きっと両親が揃《そろ》っているんだろうな。

なのに、なんであたしは違うの?

あたしの生活は、人生は、これからどうなっちゃうんだろう。

昨日となにも変わらない景色なのに、まるで違った世界に見える。

それはきっと、あたし自身が変わってしまったからだ。

あたしはもう、もとのあたしには戻れないんだ……。

そんなことを思うとますます悲しみが増してきて、歩きながら泣きそうになる。

何度も瞬《まばた》きをして、涙をごまかすので精いっぱいだった。

学校について生徒玄関で靴を履き替え、生徒の行き来の激しい場所から少し離れた場所で、そのまま海莉を待った。

授業が始まる前にふたりきりで、両親のことを打ち明けたい。

お願い海莉、早く来て。

あたし、すごく心細いよ……。

周りから隠れるように身を縮めて待っていると、いつも通りの時間に海莉が登校してきた。下駄箱《げたばこ》に外靴を入れている背中に近寄り、そっと声をかける。

「海莉」

「あ、瑞樹おはよ……って、うわ⁉」

笑顔で振り返った海莉の表情が固まって、両目が大きく見開かれた。

すっかり腫れ上がったあたしの両瞼を見て、海莉はひどく驚いているらしい。

「ど、どうしたの⁉　なにがあったの⁉」

「昨日、いっぱい泣いちゃったの……」

「それは見ればわかる！　泣いた原因を聞いてる！」

「チャイム鳴るまで少し話せる？」

「もちろんだよ！　こっち来て！」

海莉はあたしの手首をグイグイ引っ張って、中庭へ連れていく。

うちの学校の中庭は、そんなに広くないけど桜《さくら》の木や藤棚《ふじだな》や小さな池なんかがあって、ちょっとした和風庭園《ていえん》になっている。

昼間はお弁当を持った生徒たちがたくさん集まるけれど、朝のうちは静かな場所で、ちょうど今は誰もいなかった。ベンチ代わりの大きくて平らな庭石に海莉と並んで腰かけ、あたしは昨日のことを洗いざらい打ち明けた。

「そっか……。ついにそうなっちゃったか」

真剣な表情で聞いていた海莉は、ぜんぶ聞き終えてからポツリと言った。

両親が別居していることはよく相談していたし、その都度《つど》励《はげ》ましてくれていたから、すごく残念そうだ。

「本当は学校休みたかったんだけど、そうも言ってられなくて来たの」

「学校には病気の出席停止制度とか、忌引《きび》きとかの制度はあるけど、親が離婚した際の心のケア制度なんてないもんね」

「うん。インフルエンザなんかより、よっぽどそっちの制度を実施してほしい」

海莉は心配そうな表情で、何度もあたしの背中をなでてくれる。

その優しい手の動きにホッと心が緩んで、また涙がにじんで中庭の花壇《かだん》がぼやけて見えた。

「ねえ、海莉。幼なじみと恋人関係の違いって、なんだろうね?」

ぼやけて色が混じりあう花たちが風に揺れるのを見ているうちに、ずっと気になっていたことがポツリと口をついて出た。

お母さん、言っていた。『こんなことなら想いを伝えあわなければよかった』って。

両想いにならない方がよかったってこと？

そんなの変だよ。せっかく気持ちが通じあって結ばれたのに……。

「恋がずっと続く保証なんてないからね」

海莉が背中をなでる手を止めて、少し首を傾《かし》げながら考え込む。

「あたしも小学校や中学校でそれぞれ男子を好きになったけどさ、今は関先輩のことが好きだし」

「……うん」

「瑞樹は小さい頃から甲斐くんひと筋だけど、ずっと誰かひとりだけを想い続けるのって、結構《けっこう》レアなケースだと思うよ？」

それは、わかる。

これまでのクラスメイトたちの恋愛に関する噂話《うわさ》は、華《はな》やかで、目まぐるしかった。

環境が変われば、それにつれて人間関係も変わっていくのは当たり前だ。

あたしが雄太をずっと思い続けていられたのは、あたしたちが幼なじみだってことが大きいと思う。

幼なじみには変化も終わりもない。年を取ってもいつまでも、ずっと幼なじみでいられる。

でも恋は？

恋が終われば、待っているのは別れだ。

別れてしまえば気持ちも消えて、もう二度と相手を大切だと思えなくなってしまう。

「お父さんとお母さんだって昔は笑顔で見つめあっていたのに、今では目も合わせないもんね……」

「恋人同士になった結果として嫌《きら》いあってしまったんなら、いっそ幼なじみのままでいた方がよかったって、瑞樹のお母さんは言ってるんじゃない？」

海莉の言葉と予鈴が重なった。

「あ、予鈴鳴ったね。もう教室に行こう」

あたしが立ち上がると、海莉は自分の両耳を手でギュッと押さえて首を横に振る。

「予鈴なんか聞こえなーい。ここでずっと瑞樹に付き合うよ。いくらでも吐《は》きだして」

そんな優しいことを言ってもらえて、心がじわっと温かくなった。

昨日からずっと、濁《にご》った沼の底に沈んでるような気分だったけれど、海莉のおかげでなんだか少し気持ちが軽くなった気がする。

「ありがとう。でももうだいぶ吐きだしたから大丈夫」

それに、いくら吐きだしてもだし切れるもんじゃないし。

学校に来た以上、授業はちゃんと受けなきゃ。サボるにしたって海莉を巻き込めない。

「また吐きだしたくなったら、そのときはよろしくね」

「もちろん！　あたしのことを大容量の洗面器かエチケット袋だと思って、遠慮なくじゃんじゃん吐いて！」

ニコッと笑って力強く言ってくれる海莉を見たら、自然と頬が緩んでいた。

ありがとね。

海莉はいつも明るくて、お日さまみたいですごく心強いよ。

苦しいときは、その眩《まぶ》しい笑顔が助けになるんだ。そばにいてくれて、本当にありがとう。


ふたりで急いで中庭を出て教室に向かい、本鈴が鳴ると同時に自分の席に着いた。

担任が来るのを待ちながら机の中に教科書類を入れていると、近くの女子たちの声が聞こえてくる。

「ねえ、ちょっと聞いた？　篠原さんと阿部くんって別れちゃったらしいよ？」

「え!?　ほんと!?」

意外な話題に、教科書を入れる手が止まった。

知らなかった。あのふたり、昨日まで順調だとばかり思っていたのに。

「そういえば卒業した松崎《まつざき》先輩たちも、結局自然消滅《しょうめつ》だって」

「えー、ショック！　理想のカップルで学校中の憧《あこが》れの存在だったのに！」

「春は別れの季節だからね。実はあたしのお姉ちゃんも長く付き合ってた彼氏と別れてさ、今度別の人と付き合い始めたの」

「そうなんだ。早めに次の出会いを手に入れてよかったじゃん」

「だよねー。さっさと次に行った方が賢明《けんめい》だよね」

軽い口調で、いとも簡単に話を片付けるクラスメイトの声を聞きながら、思い知った。

恋は、やっぱりいつか終わってしまうものなんだ。

ひとつの恋を失って、また次を見つけて、また失っての繰り返し。

じゃあ、あたしと雄太は？

『俺にとってもお前が一番大切な女だけどな。……特別な意味で』

あの言葉、雄太はどういうつもりで言ったんだろう？

あたしには、ただの幼なじみでしかない関係を変える、魔法の言葉のように聞こえたんだ。

変わった先には、素敵な未来が待っているような予感がした。

もしも……もしもあたしと雄太が恋人同士になったとして……その未来はずっと続

くと言い切れる?

そんなの誰にもわからない。

あたしが雄太を嫌いになるなんて考えられないけど、雄太があたしのことをずっと好きでいてくれる保証なんて、どこにもないじゃない?

そうだよ。だってあたしは、美人でもかわいくもないし、こんな平凡《へいぼん》な女の子なんだよ?

雄太とは釣《つ》りあわないよ。

すぐに幻滅《げんめつ》されそうな気がする。そのとき雄太はあたしに、どんな態度をとるのだろう。

きっと、あたしと目を合わせてくれなくなるだろう。

重苦しい空気の中で、押し黙ったまま違う方向を向きあって。

同じ部屋にいるときでさえ、まるで透明《とうめい》人間みたいに扱われて。

あの素敵な笑顔を見せてくれなくなって、血の通わない人形みたいに無表情になる。

そして優しい言葉も二度とかけてくれなくなるんだ。

手に取るようにわかる。だってあたしは実際に、お父さんとお母さんの現実を嫌というほど見てきたんだもの。

そしたらあたし、雄太を失ってしまうの?　大好きな雄太を失う……?

想像しただけで背筋にゾッと悪寒《おかん》が走った。

雄太が氷のように冷たい目であたしを見る姿がリアルに思い浮かんで、思わず悲鳴を上げそうになる。

嫌だ！

雄太を失うなんて、絶対に絶対に耐えられない！

子どもの頃からずっと、あたしには雄太だけ。雄太の代わりなんているわけないし、次の恋もないよ！

じゃあ、どうすれば雄太を失わずにすむ？

絶対に失くさなくてもすむ方法なんて、ひとつしかない。

それは、手に入れないこと。

持っていなければ失うこともない。

お母さんの言うことは正しい。このまま、ずっと幼なじみの関係でいればいいんだ。

恋に終わりはあっても、幼なじみに終わりはないから、いつまでもあたしは雄太の隣にいられる。

失ってしまうくらいなら、その方がいいに決まってる。

なんだか昨日は、勝手に未来に夢を見ちゃったけれど、ちょっと冷静になって考えようよ。

あたしが雄太に想われるなんて、現実的にありえる？

自分が好きな相手から想われるなんて、奇跡みたいな確率《かくりつ》だよ。

そんなの普通にありえない。昨日のあたしは変に浮かれて勘違《かんちが》いしちゃっただけだ。

きっと雄太だって、特別な意味であの言葉を言ったわけじゃないんだよ。

よかった。気がついて。

勘違いしたままうっかり告白なんかしたら、大恥をかくところだった。

気まずくなって、取り返しがつかないことになっていたかも。

そんなの嫌だ。あたしはずっと雄太にとって特別な存在の女の子でいたい。

だから雄太とは幼なじみのままでいるのが一番いい。それが一番幸せなんだ……。

「起立」

夢中になって考えていたら、いつの間にか担任が教壇《きょうだん》の前に立っていて、日直が号《ごう》令《れい》をかける。

椅子を引く音がガタガタと教室中に響いて、我に返ったあたしも立ち上がった。

礼をして着席してからも、頭の中は雄太のことばかりだ。

雄太とあたしは、このまま。

これが一番いい決断。

そのはずなのに……。

こんなに寂しくて悲しいのは、どうして？
まるで心の中にポッカリ開いた大穴に、飲み込まれて消えていくような気分だ。
大切なものを失う不安がなくなれば、安心できるはずなのに……。
あたしが雄太を想う気持ちは、これからも変わりない。
そしてこの気持ちが叶《かな》うことも、決してない。
自分から諦めてしまった、叶わない恋が悲しいんだ。
でも、そんなの最初から自分でもわかってた。
もともと昨日までは告白する気もなかったでしょ？
ずっと昔から、ただ好きでいるだけで満足だったでしょ？
これからも片想いはできるんだから、それでいいでしょ？
あたしは黙って隣にいればいい。
あの大好きでたまらない横顔を見上げていればいい。
切なくて、熱くて、ギュッと苦《こ》しくて、甘くて優しい苦しみを胸に抱えながら。
そんなものぜんぶぜんぶ押し殺して、一生声に出さないで、黙って。
ただ、黙って、隣に……。
雄太の優しい微笑みが脳裏《のうり》に浮かんだとたん、強い悲しみがドッと押し寄せてきて、
とっさに唇を噛んだ。

いつもはあたしを幸せにしてくれるあの笑顔が、胸をキリキリ締めつける。

ヤバい。泣きそう。

あたしはあくびをするふりをしながら窓の外へ目をやって、両目に浮かんだ涙をごまかした。

潤《うる》んだ目に映るのは、三階の教室から見下ろす見慣れた校庭と、並ぶ家々の屋根の群れ。なんの変哲《へんてつ》もない、いつも通りの平凡な風景を眺めながら、あたしは今まで感じたことのない切なさに必死に耐えていた。

幼なじみの終わる日

その日のお昼休み、雄太が教室まであたしを訪《たず》ねてきた。

「今話せるか？」

深刻《しんこく》な顔をした雄太に促《うなが》されて、教室を出てすぐの窓際にふたり並んで立った。

「瑞樹、大丈夫か？　いや、大丈夫なわけないよな。わかりきったこと聞いてごめん」

雄太は沈んだ声で謝った。謝ることなんてないのに。雄太が本当に心配してくれてる気持ち、ちゃんと伝わってるよ。

「お前の気持ち、俺なりにわかってるつもりだから」

「うん。ありがとう」

うなずいて、あたしは少し唇の両端を上げた。

本当に雄太はあたしの気持ちをわかってくれているんだと思う。

その優しさがうれしくて、悲しい。

だって、こうしていると、〝好き〟の気持ちが胸の奥からどんどんあふれ出てくるんだ。ホントだったらそれは幸せなはずなのに、今はもう、素直な気持ちのままで雄太を見られない。

それはやっぱり寂しくて悲しいよ。

もちろんその気持ちを口にも顔にも出せるわけもない。

重い唇を閉じたまま、あたしたちは窓の外を眺めていた。

「あのさ、今日の放課後、時間あるか？」

塀《へい》沿いに植えられている木々の枝にスズメが群れている様子を見ながら、雄太が口を開いた。

「ちょっと体育館に来てほしいんだ」

「体育館？」

「ああ。デリケートな話だから誰も人がいない場所でゆっくり話したい」

体育館、か。

今はちょうどテスト期間前で部活が中止だから、放課後の体育館は閉鎖《へいさ》される。

たしかに、周りに不特定《ふとくてい》多数の人がガヤガヤしているような場所で話したい内容じゃないし。

「うん。あたしも周りを気にしないで話したい。ホームルーム終えたらすぐ行くよ」

「待ってる。じゃあ」

あたしの頭の上にポンポンと手を載せて、雄太は自分の教室に戻っていった。

「甲斐くん、なんだって？」

その場にぼんやり立ちつくしていると、後ろから海莉が遠慮がちに声をかけてきた。

「放課後に体育館でゆっくり話そうって」

「そっか。きっと甲斐くんが瑞樹の気持ちを一番理解してくれると思う。話、ゆっくり聞いてもらいなよ」

「うん」


午後の授業が終わり、掃除とホームルームを終えたあたしは、約束通り体育館へ向かった。渡り廊下を歩きながらふと顔を上げると、体育館の扉の真ん前に、ひとりの男子生徒が腕組みしながら仁王《におう》立ちしている。

なにあれ？　もしかして通せんぼしてるのかな？　……あ、あの人は。

「関先輩？」

生徒会長だ。こんなところでなにしてるの？

不思議に思っていると、会長が片手をヒョイと上げて、相変わらずの全開スマイルで気さくに話しかけてくる。

「よっ！　キミを待ってたんだよ」

「え？　あたしを待ってた？」

「うん。キミと甲斐で大事な話があるんだって？　『瑞樹が来るまで誰も体育館に通さないでください』って、甲斐に頼まれたんだ」

ニコニコ答える関先輩を見て、つい笑ってしまった。

全生徒のトップに君臨《くんりん》する生徒会長様が、後輩に頼まれて、こんな門番みたいなことしてたのか。普通に引き受けちゃう素直さと、真面目に実行する心根《こころね》のよさが、この人が全学年に慕《した》われる理由なんだよなあ。

海莉は男を見る目があると改めて思う。

「甲斐はもう中にいるはずだよ。じゃあ俺、務《つと》めは果たしたから帰るわ。中に入ったら誰も入り込まないように扉にカギかけろよ？」

「はい。ありがとうございました」

渡り廊下を歩いていく関先輩の後ろ姿を見送って、あたしは体育館の扉を開けた。

言われた通りにカギを回し、周りをキョロキョロしたけれど、誰もいない。

雄太、どこかな？　姿が見えない。

考えてみたら、こんなにひと気のない体育館なんて初めてだ。ステージも、二階のギャラリーもシーンと静まり返ってる。

音がないってだけで、いつもと違った印象に見えるもんなんだな。

ガラーンとした体育館と、この静けさに少し不安になりかけたとき、とつぜん聞こえてきた声に驚いて心臓が跳《は》ね上がった。

『瑞樹』

「わっ⁉」

こ、この声、雄太⁉　でもこれマイクを通した声だ。

「雄太？」

あたしは跳ね上がった心臓をなだめながら、正面ステージ右上の、天井あたりの小さい窓を振り返った。

あそこには館内放送用のブースがある。よく見れば、窓に人影が見える。

あれ、雄太だ。あそこからマイクを通して話しかけているんだ。

「おーい。そこでなにしてるの？」

小窓に向かって手を振りながら声を張り上げると、答えが返ってきた。

『俺、お前と話したいんだ』

「知ってるよ。そのために来たんじゃん。そんなとこにいないで下りてきなよ」

なにしろ静かだから、普通以上にマイクの音も自分の声も周りによく響く。

まるで音が上から降ってくるみたいだ。

『ずっと溜《た》めてたぶん、照れがデカいんだよ。まともに顔を見ながらじゃ、とてもお前に告《こく》れない』

ドキン!

心臓が即座に反応した。

小窓の奥に目を凝《こ》らして、ドキドキと騒がしい自分の胸の音を聞きながら、同じ言葉を心の中で繰り返す。

告る? 今、雄太、〝お前に告る〟って言わなかった?

『俺、子どもの頃からずっとお前が好きだった。ただの幼なじみとしてじゃなく、ひとりの女の子として』

――バクン!

心臓が破裂した。……本気でそう思うくらい、これまでの人生で最強の鼓動《こどう》だった。

頭の芯《しん》にギューッとすごい量の血が集まる感覚がして、クラリと目まいがして、大きく息を吸い込む。

雄太はなにを言ってるの?

ま、まさか、あたし、雄太から告白されている?

『どうか聞いてくれ、瑞樹』

両目を見開いて窓を凝視《ぎょうし》するあたしの耳に響く声は、少し低めで落ち着いた、いつもの雄太の声。

でも、あたしにはわかる。

ほんのわずかに震えて、かすれて、緊張を含んでる。

その声が告《つ》げる思いもよらない告白に、もう頭の中は真っ白で、心臓が止まりそう。

『瑞樹が好きだ。俺、お前に恋してる』

天から降った雄太の声が、四方八方《しほうはっぽう》の壁に反響して、この広い体育館を隅々まで包み込んだ。

もう息もできず、ただポカンと口を開けたままのあたしの全身に、心に、雄太の言葉が満ちる。

夢のような音の響きが浸透《しんとう》していく。

……夢。昔から何度も、こんなふうに雄太から告白される幸せな瞬間を夢に見た。

でもそれは夢でしかなくて、いつも目が覚《さ》めて心の底からガッカリしたんだ。

もしかしてこれも夢？

次の瞬間に目が覚めたら、あたしはやっぱり自分の部屋のベッドの上とか？

『俺はずっと瑞樹だけを見てきたんだ』

もう一度繰り返す雄太の告白が、あたしの不安と混乱を吹き飛ばした。

う、嘘でしょう？

雄太があたしを好き？

あたしを、好きなの？　あたしの片想いじゃなくて？

両想い？　本当の本当に⁉

……ああ、すごい衝動がお腹《なか》の底から込み上げてくる。

今にも全身がポップコーンみたいに弾《はじ》け飛びそう！

どうしよう、どうしよう、どうしよう!!

ねえ雄太、あたしたちは本当に両想いなの⁉

『瑞樹、ずっと続くはずだった幼なじみを終了して、たった今から俺と恋人同士になってくれるか？』

「……！」

いきなり頭から大量の冷水を浴びせられた気持ちになった。

まるで、ふわふわの雲の上を歩いていた次の瞬間、現実という下界に一気に叩き落された気分になる。急激に下がっていく体温と、さっきまでとは違う鼓動の乱れを感じながら、あたしは顔を強張《こわば》らせた。

幼なじみの終わり？

そして恋人同士の始まり？

……違う。

それは『終わり』の始まりだ。

雄太は知らないんだ。幼なじみの関係を手ばなして、恋が始まったら、終わりの可能性まで手にしてしまうことを……。

「ダメ、だよ」

顔を引きつらせたまま、あたしは窓に向かって首を横に振った。

ごめんなさい雄太。ごめんなさい。

でも、あたしは知っているの。恋の終わりの無惨《むざん》さを知ってしまったの。

「ダメなんだよ。ダメなの」

『瑞樹？』

「雄太の告白、どうしても受け入れられないの」

『瑞樹、俺……』

「お願いだから黙って聞いて！　あたしは……！」

『瑞樹、悪いけど俺ブースの中だから、さっきからお前がなに言ってるのかぜんぜん聞こえないんだ』

「だったら早くそこから下りてきて！」

床をダンッと踏み鳴らして叫ぶと、『怒んなよ。今そっち行くから待ってろ』って声が聞こえた。

ま、まったくもう！　ふざけないでよ！

あたしひとりでバカみたいじゃん！

口の中でブツブツ文句を言っているうちに、少しだけ冷静な気持ちを取り戻せた気がする。でもステージ横のドアから出てきた雄太が、真っ直ぐこちらに向かって歩いてくるのを見て、また胸がざわめきだした。

いつもの雄太だけど、いつもの雄太じゃない。

彼は、あたしのことを好きだと告白した雄太。

姿形《すがたかたち》はなにも変わらないのに、決定的に変わってしまった。

ほら、あの目が。

あたしを見つめる目に込められた気持ちが、違う。

その視線の強さと熱さに耐えかねて、あたしはクルリと背中を向けた。

「おい」

「…………」

「こっち向け」

「やだ」

振り向くことなんてできない。

『好きだ』って告白してきた男の子と顔を合わせるなんて。しかもそれが、自分も好きな相手なんて。

恥ずかしすぎるよ、それ。

だってあたしたち、恋してる。

その感情をむき出しにしてお互い向きあうなんて、無理。

「お前の声は聞こえなかったけど、ジェスチャー見てたらなんとなくわかった。なんで断るんだ?」

その声はとても柔らかくて、穏《おだ》やかだった。

それでもあたしの心を強く揺さぶるには充分で、あたしは、小さな声を出すのが精いっぱい。

「どうしても」

「それ、答えになっていない」

「うまく伝えられる自信ないもん」

「大丈夫だ。お前の言うことなら俺、どんなに支離滅裂《しりめつれつ》な説明でも理解できる自信あるから」

「雄太……」

「お前って語彙《ごい》力ないし、理屈で物事を整理するのが苦手なタイプだからな。そんなお前とずっと一緒に育ってきたおかげで、そっち方面の能力はかなり鍛《きた》えられた」

……ケンカ売られているんじゃないかと思うのは、あたしの考えすぎだろうか?

でも悲しいくらい反論できない。ぜんぶ事実だもん。

だからきっとあたしが言うことも、あたしの気持ちも、雄太なら本当に理解してくれるだろう。

そしてそれが怖いんだ。

理解されて、『わかった。じゃあ幼なじみのままでいよう』と言われてしまうことが。たった今、あたしを好きだと告げてくれた雄太の口から、その言葉を聞くのがつらい。

でも言わなきゃならない。

雄太を失わないためには、雄太にも現実を知ってもらわなきゃならないから。

「永遠《えいえん》に想われる自信も、保証も、どこにもない。昨日それを知ったの」

消えいりそうな声を出しながら、あたしは、ある写真を思い出していた。

お父さんとお母さんの寝室に昔から飾られている、まだふたりが高校生だった頃の、一枚の写真。

この高校出身のふたりが、今のあたしたちと同じ制服を着て、笑って写っている。

学校帰りに一緒に公園に行って、そこでお父さんから急に告白されて、初めてキスをした日に写したんだってお母さんから前に聞いた。

幼なじみを卒業して、恋人同士になった記念写真。

最高に幸せな思い出を永遠に忘れないように、こうして飾ってるんだって。

あのときのお母さんの笑顔、まるで高校生の女の子みたいにキラキラしてたのに。

「でもね、結局ダメになっちゃった。永遠なんかじゃなかった」

言葉にしたら苦しくて、息が詰まった。

かつて、あたしたちと同じ制服姿で笑っていた両親の姿が、どうしても自分たちに重なる。

雄太と思いが通じあう日をずっと夢に見続けてきたのに。

それが現実になったとたん、手ばなさなきゃならないなんて。

悲しくて情けなくて理不尽《りふじん》で、いっそこの場にしゃがみこんで、わんわん泣きたい。

「そうか。お前にしては珍《めずら》しくわかりやすい説明だったな。理解した」

ちょっとだけ間を置いてから、雄太が淡々《たんたん》と答えた。

その言葉があたしをますます悲しくさせて、胸がえぐられるみたいにズキンと痛む。

ああ……理解されてしまった。納得《なっとく》されてしまった。

ほんの一瞬だけ叶った、儚《はかな》い両想い。

それを終わらせるための言葉を聞くのが怖くて、あたしは息を吸い込みながらギュッと目を閉じた。

「でも俺、納得しないし受け入れない」

……え？

張りつめた胸からフッと息が漏れて、あたしは思わず瞬きをした。

後ろをチラリと振り返ると、すぐ後ろに雄太が立っていて、あたしをジッと見つめている。

すごく冷静で大人びた視線に動揺《どうよう》して、逃げるみたいに目を逸らして前を向いた。

「お前の気持ちはわかるけど、それは理由にならない」

相変わらず淡々と落ち着いた雄太の声が、背中から聞こえてくる。

あたしはつっかえながら、どうにか反論した。

「り、理由にならないって、なにそれ。やっぱりあたしの言ったことわかってないじゃん」

「わかってるから言ってる。お前こそわかってない。おじさんとおばさんと、俺たちは違うだろ」

「そういうことじゃない」

あたしはプルプルと首を横に振った。

そうじゃなくて。

あたしたちが、うちのお父さんとお母さんと違うなんてことは、ちゃんと知ってる。

でも、それがなんなの？　あたしたちがうちのお父さんとお母さんじゃなければ、あたしたちは絶対に別れないの？

違う。違う。そういうことじゃなくて。

あたしたちが誰であろうと関係なく、ただ、恋の永遠を信じられない。

失う未来が見えちゃうから怖いんだ。失われた現実を痛いくらい思い知ったから。

そしてどうしても雄太だけは、失ってもいいなんて思えないから。

「俺はこれからもずっと瑞樹を好きでいるよ。俺のこと信じられない？」

その声が胸にズシリと覆い被さった。

とても優しくて、まるで小さい子をあやすみたいな声なのに、責められているみたいに感じて勝手に心が傷つく。

「お願いだから、そんなこと言わないでよ……」

自分でもビックリするくらい弱々しい声だった。

雄太を信じるとか、信じられないとか、問題はそういうことじゃない。

ずっとあたしを好きでいるって、その意味を本当にわかって言ってるの？

「あたしたち、やっと高校生になったばかりだよ？　この先の人生、どれほどの長い時間やいろんな出来事が待ち構えていると思ってるの？」

今ほんの十六才で付き合い始めて、この先、一生気持ちが変わらない確率は？

これまでは同じ学校に通えていたけれど、大学はそうもいかないだろう。

別々の大学に進学すれば、もちろん毎日なんて会えなくなる。

社会人になれば、もっと会える時間がなくなる。

今、子どものあたしたちは、じきに大人になってしまうんだ。

大人になれば子どもの頃より世界がぐんと広がって、たくさんの人との出会いもあって、考え方も気持ちも変わっていく。

そうやって遠い未来を予測すればするほど、現実はやっぱり現実だ。

今の雄太の気持ちはともかく、未来の雄太の気持ちの保証なんて、雄太本人にさえできっこないのに。

なのに、その雄太の口から『信じられない？』なんて言われても、あたしどうすればいいの？

悲しいよ。悲しいだけなんだよ。

「それでも信じてほしい。信じろ。俺を信じろ、瑞樹」

どんなにあたしが訴えても、背中から繰り返し聞こえる声は、どうあっても揺るがない。

知ってる。雄太はそういう人。簡単に説得できるなんて思っていないよ。

だからこれは最終手段。あたしは、覚悟を決めてこの言葉を言わなきゃならない。

「ごめん雄太。そもそもあたし、雄太のことそんなふうに見たことないから」

シンと静かな体育館に、ひときわ静かな時間が流れた。

ひどく気まずくて痛い空気に、強く唇を噛んで耐えるしかない。

大嘘。人生で一番ひどい嘘だ。

相手だけじゃなく、自分自身をもこんなに傷つける嘘をつく日がくるなんて、思いもしなかった。

「本当のこと言うとさ、あたし好きな人がいるんだ。雄太じゃない人」

嘘。違う。痛い。

「だから雄太のこと、そんなふうに見られない。ごめんね」

嘘。違う。痛い。好き。

雄太、好き！

口から出る言葉と真逆《まぎゃく》の言葉を、心が全力で叫んでる。

違う違うと叫ぶ声が、胸をキリキリ引き裂いて、痛みと悲しみで頭が変になりそう。

本当の気持ちが、今にも胸を突き破って飛びだしてしまいそう。

ねえ、苦しいよ。

こんな残酷《ざんこく》なことってないよ。

痛い。痛い。痛いよ雄太！

「だ、から、これからも雄太は、ずっと大切な、幼なじみ……」

「嘘だ」

フワッ……。

後ろから伸びてきた両腕に体をキュッと包み込まれて、あたしの息が止まった。

「お前ほんとバカだな」

胸の前で交差する二本の腕が、泣きだしそうなあたしをしっかりと受け止める。

「そんな言いたくもない嘘ついて泣くなよ」

「……泣いて、なんか、な……」

最後まで言い切れずに、涙がポタポタこぼれ落ちた。

後ろ髪に感じる雄太の頬の感触。

その温もりと、耳をくすぐる優しい吐息《といき》。

力強い両腕が、こんなにも簡単にあたしの嘘を黙らせてしまう。

「好きだよ、瑞樹。お前が好きだ。こんなにも大好きだ」

聞いたこともないような切ない声が、耳もとで特別な言葉をささやく。

世界中の女の子が、この夢のような言葉をどれほど望んでいるだろう。

あたしも望んでた。子どもの頃からずっとずっと。

だからこそ涙が止まらない。

喜びと悲しみと空しさが混じりあって、それがぜんぶ涙になってあふれてくる。

あたしは、雄太の言葉を受け入れられないから。

「うっ。う、えぇ……」

「泣くなよ。苦しんでるお前を守りたいんだ。支えたい。力になりたい。この本気の気持ちをお前に拒絶《きょぜつ》されたら、俺はどうすりゃいい？」

そう振り絞るようにつぶやく唇が、慰めるように、涙に濡れたあたしの頬にそっと触れた。

柔らかい唇の感触と温もりを感じた瞬間、意識が震えて、足の先まで衝撃が走る。

息が止まって、心臓が胸から飛びだしそうになった。

「お前を守るのは俺の役目だ。ほかの誰にも譲《ゆず》るつもりはない」

「雄、太……」

「俺の気持ちを受け入れてくれよ。本当に好きなんだ」

頬に何度も繰り返される優しいキス。

あたしを抱く腕の力がだんだん強くなって、声に熱がこもる。

息苦しいほど抱きしめられて、ドキドキはもう限界なのに、さらに暴走《ぼうそう》していく。

急激に顔に集中した血が皮膚《ひふ》を刺激して、ヒリヒリ痛い。

どうしよう。バクバク飛び跳ねる鼓動の音が、静かな体育館に響き渡りそう。

『雄太が好き』と暴れ続ける心の声が、ふたりきりの世界に反響している。

いっそ、このまま雄太の胸にもたれかかりたい。

あたしを包み込むこの腕に、ぜんぶを預《あず》けてしまいたい。

こんなにもあたしは雄太が好き。でも……。

「どうか俺を信じて。この先もずっとずっと瑞樹を想うと絶対に誓《ちか》うから」

でも、お願い。そんな儚い言葉を聞かせないで。

その誓いは、今のあたしたちだけに通用する小さな世界なんだ。

いつまでもここにいて、ふたりっきりで抱きあい続けてはいられない。

嫌でも勝手に時間は流れて、予測できない未来があたしたちに押し寄せてくるから。

「この手をはなして。雄太」

小さな世界に閉じ込めようとする両腕の中で、あたしはもがいた。

「あたしを守ると言うなら、どうかその言葉通りに守って。幼なじみとして、一生そばで」

わかっているでしょ？　昨日、あたしの家族が崩壊したの。

ずっと手の中にあると信じ切っていたんだ。一瞬の疑いもなかった。

だってお父さんも、お母さんも、昔は心から笑いあっていた。

心から想いあっていて、間違いなく信じあっていた。

なのに、それはあっけなく終わった。そして終わってしまえばもう二度ともとには戻らない。

泣いても、叫んでも、なにをどうしても、絶対にあの大切な日々は返らないの。
だからもう、これ以上は嫌だよ。
信じていた日々を、かけがえのない存在を失うのは嫌なんだよ。
これ以上は一ミリだって耐えられないんだ。
雄太まで失ったらって思うと、本当に冗談じゃなく気が狂いそうになる。
ほら、考えただけでまたこんなに涙があふれてくるんだよ。
嫌なの。いつか雄太にまで裏切《うらぎ》られて、捨てられる日が来たらと思うと……。
「怖くて怖くて、怖くて、怖くてたまらないんだよ！」
あたしの悲鳴が静かな体育館に響き渡った。
驚いた雄太が腕の力を緩めた一瞬の隙《すき》に、強引に腕を振りほどいて走りだす。
「瑞樹！」
「お願いだから来ないで！　お願いだからもうこれ以上あたしを苦しめないで！」
あたしを追いかけようとする足音がピタリと止まった。
あたしは無我夢中《むがむちゅう》でドアに飛びつき、カギを開けて、体育館から必死に逃げだした。
後ろから雄太が追いかけてくる気配はない。
わかってる。きっと雄太は追いかけてきたりしない。
雄太なら、あたしをこれ以上追いつめるようなことは絶対にしないから。

知っているのに、あたしはいったい、なにから逃げているんだろう。

近くの階段を全力で駆け上がり、息を切らして、ひと気のない調理室に飛び込んだ。

そしてあたしは調理台の下の狭いスペースに潜り込んで、小さく丸まって、声を殺して泣いた。

「ふっ……う、えぇー……」

まるで怯《おび》える子どもみたいだ。無力な子どもは、自分の力じゃどうにもできない現実を前にして、メソメソと泣くしかない。

古くて緩んだ蛇口《じゃぐち》から、ピチョンピチョンと水が漏れる音が聞こえる。

あたしの涙もまるで壊れた蛇口みたい。ちっとも止まってくれない。

どんなにきつく締めたとしても、こぼれ落ちるものは止められないよ。必死に繋ぎ止めようとしたって、時間が経《た》てばいつか隙間から流れ落ちてしまうんだよ。

「うっ、うぅ、ヒック……」

しゃくり上げて泣く声に、水の音が重なる。ぶつかった音が不協和音《ふきょうわおん》を奏《かな》でて胸をザラリとなでるようで、容赦《ようしゃ》なく苦しみが増す。

あたしは誰にも見つからないことを祈りながら、たったひとりで泣くよりほかになかった。

ヒマワリみたいな笑顔

「……ところで瑞樹、この一週間で痩《や》せたね」

ベッドの上に仰向《あおむ》けになってウトウトしていたあたしの意識が、海莉の声で戻った。

いつの間にか顔の上に被さっていた教科書を持ち上げると、自分の部屋とは違う天井の木目模様と、薄いグレーの壁紙が見える。

あたしは勉強机に座っている海莉を振り返って、ちょっとかすれ声で返事をした。

「なんか言った？　寝てたから聞こえなかった」

「寝てたんかーい。今までの会話はずっとあたしの独《ひと》り言か。空しー」

「ごめん。最近あんまりよく寝られなくてさ」

ここは海莉の家の、海莉の部屋。学校が今日からテスト期間に突入して、午前で下校したその足で、海莉の家にお邪魔した。

自分の家には、どうしても足が向かなかったんだ。

海莉のベッドを占領《せんりょう》して寝そべりながら歴史の年表を暗記してるうちに、寝ちゃったみたい。

「相変わらず、家全体が暗いオーラに覆われてる感じなの？」

「うん。空気が暗くてズシンと重い。酸素《さんそ》じゃなくて二酸化炭素《にさんかたんそ》を吸ってるんじゃないかってくらい息苦しいよ」

「そっか。おばさんも大変だけど瑞樹も大変だよね」

べつに離婚が決まったばかりのお母さんに、明るい爽《さわ》やかな空気をふりまけ、なんてムチャを言う気はない。

でも、あたしの前で必死にふだん通りにしようとしてる姿が、どうにも……。

『私、本当はつらいけど、娘の前では笑顔でいなきゃ！』感がにじみ出ていて、余計に痛々しい。

無理しなくていいのに。

そんなお母さんに合わせて一緒にニコニコするのもわざとらしいし、どんな顔して対応すればいいのかわからない。

とてもじゃないけど、家に喜んで帰る気にはなれない状況だ。

そんなあたしの気持ちを察した海莉が、一緒に勉強しようって誘ってくれたんだ。

どんなに家庭環境に問題があろうが、学生はテストを受けなきゃ進級できない。

受けたからって進級できるわけでもないけど、とにかくこの世はシビアだ。

「家にいづらいならいつでもうちに避難《ひなん》して。なんなら泊まっていきなよ。瑞樹なら黄色に白のラインが入ったジャージ姿の海莉が、机に頬づえついて笑顔を見せた。その机の上には、海莉の大好きな関先輩の写真が何枚も飾られている。海莉の大切な宝物だ。

「ところでねぇ、見て見て！　また関先輩コレクションが増えたの！」

「ああ、うん。気づいてた」

あたしが寝そべっているベッドの枕もとにも、かわいいフォトフレームの中に収められた関先輩の写真が置かれている。写真の先輩は教室の中で、友だち数人と肩を組みながら大きな口を開けて、楽しそうに笑っていた。

本当に、写真からでも人柄がにじみ出るようないい笑顔だ。

「こういう写真って、どうやって手に入れてるの？」

「先輩って男女問わず人気者だからさ。あちこちで写真に写ってるから、いろんな人に頼み込んで手に入れてるの」

海莉は机の上のフォトフレームを手に取り、愛《いと》おしそうに表面を指先でなでている。その表情や指の動きから、本当に先輩のことが好きなんだって気持ちが、改めて伝わってきた。

「ああ、関先輩って素敵だなあ。好きだなあ」

「生徒はもちろん先生にも、まんべんなく人気あるよね」

「関先輩みたいな人って親友キャラって言うのかな？　おかげであんまり恋愛対象としては見られていないみたいだから、ライバル少なくて助かるー」

写真を見ながらエヘヘッと照れくさそうに笑う海莉は、とってもかわいい。

三年生と二年生の教室は階が違うから、なかなか会う機会はないし、海莉は生徒会役員でもないから先輩との接点はそれほどない。

雄太と先輩が立ち話しているときに、さりげなくそばに近づいて、たまにちょこっと会話に混じるくらいだ。それでも海莉は、見ているこっちが切なくなるくらい、先輩のことを真剣に見つめている。

知り合いの三年生から先輩に関する情報をかき集めては、ほんの小さなことを知っただけで、天使《てんし》みたいな顔して幸せそうに笑うんだ。

そんな海莉の素直な笑顔を見るとホッとする。

あたしのグチも嫌な顔ひとつしないで聞いてくれるし、本当に感謝だ。

「海莉と話してると気持ちがすごく楽になる。つらいことを話せる相手は、海莉だけだよ」

「甲斐くんとは、あれからぜんぜん？」

あたしは、なにも答えずに視線を泳がせた。

実はあれから雄太とは、一度も話していない。

あの翌日から雄太は教室にも来ないし、電話も一度もかかってこない。

また体育館のときみたいに迫《せま》られたらどうしようって不安に思っていたから、なんのアプローチもないことにホッとしている。

同時に、ちょっと肩透かしな気分だ。

たぶん、あたしを追い詰めないように時間を置いてくれているんだと思う。ちょうどテスト期間に入ったことだし。

それか、もしかしたら……もうあたしと恋人同士になるのは諦めたのかもしれない。

雄太にだって男のプライドがあるもんね。

あんなにきっぱり断られたら、そりゃ嫌になるかも。

そんなふうに考えたとたん、胸の奥がジクジクとうずきだす。

自分勝手なその痛みに、あたしはイラついて顔をしかめた。

自分から拒絶して逃げだしておきながら、なにこれ。

本心は未練《みれん》タラタラじゃん。あたしってカッコ悪い。

「勝手だな。あたしって」

思わずつぶやいた短い言葉の意味を察してくれたのか、海莉が首を横に振りながら言ってくれた。

「ううん。瑞樹は勝手なんかじゃないよ。気持ち、わかるよ」

雄太とのことは、あのあとすぐに海莉にぜんぶ打ち明けたんだ。親友の海莉に隠し事はしたくなかったし。なにより、自分ひとりで抱えるには重すぎた。

「ねえ海莉。あたし、間違ってないよね？」

あたしは雄太との関係を、幼なじみのまま留《とど》めておくことに決めた。

それが一番いい選択だと思ったから。

その判断を、誰かに認めてほしい。自分以外の人に肯定《こうてい》してほしい。

『それでいいよ。間違いじゃないよ』って断言してもらって、安心したいんだ。

「うーん。間違ってるのか正しいのかなんて、あたしには判断できないなあ」

でも海莉は、あたしのほしい言葉を簡単にはくれなかった。

ヒョットコみたいに尖らせた唇と鼻の下の間にシャーペンを挟んで、あくまでも自分自身の考えを正直に話す。

「瑞樹の気持ちはわかるよ。けど、すんごくもったいないとも思う！　一番大事なポイントを見失ってる気がする」

昨日も似たようなことを言われた。

たとえるなら、海で溺《おぼ》れかけているときに、奇跡的に近くを通りかかった船に助けを求めようとして、『いや待て。もしもあの船が難破《なんぱ》したらどうしよう!?』って心配して、そのまま黙って船を見送ってるようなものだって。

海莉の言うことを、もっともだと思う自分がいる。

もしかして、取り返しのつかないバカなことをしてるんじゃないか？って思うときもある。

よく、石橋を叩きすぎて破壊《はかい》するって言うけど、もともとあたしは石橋を渡ることすら最初から諦めちゃうタイプだ。『絶対無理。できっこない』って。

石橋を渡る勇気のある人が純粋にうらやましいけど、あたしは、どうしても橋を渡ろうとは思えない。

だって昨日、見ちゃったんだ。


夜中にテスト勉強をしてたとき、お母さんの寝室からゴソゴソ物音が聞こえてきた。気になって様子を見にいったら、お母さんが大きめのダンボール箱にせっせと服を詰めていて、不思議に思って声をかけた。

『なにしてるの？　お母さん。こんな時間に衣替《ころもが》え？』

『あら、音がうるさかった？　ごめんなさいね。ちょっとお父さんの荷物をまとめてたのよ』

家のあちこちに、まだお父さんの私物がいっぱい残っている。でも正式に離婚が決まって、この家はもうお父さんの家じゃなくなるから、それらは置いておけない。

思い出も品物も全部持って、ここから立ち去らなきゃならない。

それが別れるってことなんだ。

『お父さんが取りにきたときに、すぐ運びだせるようにしておかないとね』

事務的な口調で言って、忙しく手を動かしているお母さんに向かって、心の中で問いかける。

ねえお母さん。その作業つらくない？　悲しくない？

『ねえ、お母さん。お母さんはお父さんと……』

『なに？　お父さんがなんだって？』

振り向きもせずに返事をするお母さんの背中を見て、あたしはそのまま言葉を飲み込んだ。

『……ううん。なんでもない』

本当はずっと、聞きたくてたまらないことがあるんだ。

でもどうしても怖くて聞けない。

もしも、もしもあたしの恐れる答えが返ってきたら、そのときあたしは、どうなってしまうのか……。

思いを巡《めぐ》らせながら視線をさまよわせていたら、ふと、床の上に置かれているネクタイに目が留まった。

あたしが父の日にプレゼントした、グレーとブラウンのストライプ柄のネクタイ。

お父さん、これすごくお気に入りだった。

いっぱいあるネクタイの中で、一番よく身に着けてくれていた。

別居するときに持っていかなかったのは、たぶん、望みを繋いでおきたかったから。

またここに帰ってくるって希望を、お父さんも捨てていなかった。

この部屋はもとは夫婦の寝室だったから、ふたりの物がいっぱいある。

それが、別居が長引くにつれて少しずつお父さんの物だけが減っていって。

そのたびにお父さんの存在が薄くなって、お父さんが帰ってくる可能性も薄くなった気がして、すごく不安だった。

もうすぐ、ここからお父さんの匂いがする物はひとつ残らず消えるんだ。

最後まで、すがりつくみたいに残っていたネクタイ。

それを手に持って、箱に入れるお母さんの背中を見ていたら、胸がおし潰されるみたいに悲しくなった。

夜中に蛍光灯《けいこうとう》の明かりの下で、ひとりで黙々と自分の恋の後始末《あとしまつ》をしているお母さんの背中を見て、思う。

ああ、ぜんぶ無意味だったんだなあ……。

どんなに希望を持っていても、どんなに最後まで頑張ったとしても。

ダメっていう圧倒的な現実の前では、どんな努力も願いも本当に無意味で、無力なんだなあって。

これから先に待ち構えている自分の未来と、今のお母さんの背中が重なるんだ。

さんざん悩んだあげく、やっと勇気を振り絞って渡り始めた橋が、途中で崩壊しちゃうこともあるんだって。

「瑞樹、ちょっと待っててね。今いいもの持ってくる」

ベッドに寝ころんだままボーッと考えていたら、海莉がそう言って部屋から出ていった。と思ったら、すぐにパタパタと軽快《けいかい》なスリッパの音を響かせて戻ってきた。

部屋に入ってきた海莉が手に持っているのは……。

「わ、それ『花鳥風月堂《かちょうふうげつ》』のフルーツケーキじゃない？」

あたしは反射的にベッドから起き上がって叫んだ。

『花鳥風月堂』は、海莉の家のすぐ近くにある有名な老舗和菓子《しにせわがし》店。

そこの店主さんが変わり者で、和菓子職人のくせに趣味《しゅみ》の洋菓子作りがエスカレートした結果、外国にパティシエ留学までしちゃった人で。

その変わり者店主さん渾身《こんしん》の作品のフルーツケーキは、テレビの全国放送でも紹介

された ほどの逸品《いっぴん》。こだわりの贅沢《ぜいたく》素材が生みだす味といい、華やかなトッピングといい、控えめに言っても最高！なんだ。

でも一日数個だけの希少《きしょう》な限定販売。

そりゃそうだ。なんてったって本業は和菓子屋さんなんだもんね。

だから早朝から店の前に並んでも、めったに手に入れることはできない。イチかバチかの、幻《まぼろし》のホールケーキと呼ばれている。

そのプレミアムなケーキが、あたしの目の前にある！

うわあ、感動。なんか、めったに見ることのできない珍獣《ちんじゅう》と遭遇《そうぐう》しちゃった気分！

「これ、どうしたの？」

「お母さんに頼んで、朝早くから気合い入れて並んでもらったの。三ヵ月のトイレ掃除とお風呂掃除当番で手を打った」

「すごい！」

「一度食べてみたかったの！　買えてラッキー！」

うれしそうに頬を赤くした海莉が、小さなテーブルの上にいそいそとケーキを置く。

「さ、食べよ。瑞樹、ケーキ大好物でしょ？　遠慮しないでいーっぱい食べてね！」

元気にはしゃぐ海莉の声を聞いて、胸がジーンと熱くなった。

たぶんこれ、あたしのために用意してくれたんだ。

あたしが最近急激に痩せたって、かなり心配してたから。

ガクンと食欲が落ちたあたしに、自分のお弁当まで丸ごと渡して「なんでも好きなの食べて」って勧《すす》めてくれてた。納豆三パックとお弁当をペロリと平《たい》らげる、あの大食いの海莉が。

どうしても食欲が戻らないあたしを心配して、前からあたしが食べたいって言ってたケーキなら食べられるかもって考えたんだろう。

三ヵ月分の労働と引き換えに、このケーキを手に入れてくれたんだね……。

「ありがとう。ありがとう、海莉」

「お礼なんていいから、食べよう」

「うん、いただきます。でもフォークはあるけどお皿がないよ？」

「そんなの必要なーし！」

海莉がイタズラっぽい顔をして、ケーキに直接ブスッとフォークを突き刺した。

「え？　そのまま食べるの？」

「瑞樹、こうやって食べてみたいって前から言ってたじゃん？」

「あ、うん。一度でいいからやってみたかった」

禁断《きんだん》の、ホールケーキそのまま一気食い。

子どもの頃からの夢だったけど、さすがにお母さんに許してもらえなくて。

「せっかく憧れのケーキが手に入ったんだから、憧れの食べ方で食べようよ。誰も見てないんだからお行儀《ぎょうぎ》なんて気にしない、気にしなーい」

そう言って海莉が渡してくれたフォークを、あたしはおそるおそるケーキに突き刺した。

そのまま大きく削り取って、パクリと口の中に入れる。

「うわ、なんだかすごくイケナイ贅沢感！」

やってはいけないって言われてることをやるって、くすぐったい気分だ。

ビックリするほど濃厚《のうこう》な生クリームはコクがあって、それでいて軽い口あたりで甘さスッキリ。スポンジはまるでフワフワの雲みたいに柔らかい。

フルーツはみずみずしくて、一粒一粒《ひとつぶ》が宝石みたいな艶《つや》があり、とっても香り高い。

「お、おいしい！」

「本当だ！　すっごくおいしいね！」

「海莉のおかげで子どもの頃からの夢が叶ったー！　うれしい！」

「アハハ。大げさだなあ」

大口を開けた海莉がケーキをパクリと食べて、お日様みたいにニコッと笑った。

「うーん、最高！」

うん。本当に最高。

海莉の笑顔は、まるで満開のヒマワリ畑にいるみたいだよ。キラキラ弾ける笑い声を聞くと、どんなにつらいときでも、つられて一緒に笑っちゃって、いつの間にか元気が出てるんだ。

ねえ、わかってる？　海莉は最高に素敵な女の子だよ。

あたしの親友は最高だよ！

「隙あり！　マスカットはいただいた！」

「あー、海莉が取った！　あたし狙ってたのに！」

「えへへ、早い者勝ち。この世は弱肉強食《じゃくにくきょうしょく》なのだよ瑞樹ちゃん」

「隙あり！」

「あ、しまった！　あたしのイチゴ！」

ふたりで競いあって食べるケーキも最高。

でもなによりも最高なのは、海莉の存在と、こうして過ごす幸せな時間。

ありがとう、海莉。

本当に本当にありがとう……。

後輩の女の子

海莉がごちそうしてくれたケーキで、カロリーとビタミンをいっぱい摂取《せっしゅ》したおかげか、テスト期間を無事に乗り切ることができた。

結果は……まあ、あたしも海莉も赤点はないと思う。あくまでも希望的観測だけど。

「でも正直、日本史はヤバいかも。歴史って大嫌い」

校庭に設置されたテントの下に長テーブルを準備しながら、海莉がゲンナリする。

あたしもパイプ椅子を運んで並べながら、心から同意した。

「あたしも暗記《あんき》系は苦手。海莉って理系はすごく成績いいのにね」

「とにかく日本史でわかんなかったところは、ぜんぶ『徳川家光《とくがわいえみつ》』って書いて埋《う》めておいた。そう書いておけば、どうにかなるような気がするんだよねえ。困ったときの『徳川家光』だ」

「……なんで家康じゃなくて、孫の家光？」

いや、べつにどっちでもいいんだけど。単純に疑問に思って聞いてみたら、予想外の返事が返ってきた。

「家康嫌い。中学のときのテストで、家康の『康』の漢字を書き間違えてバツくらって、赤点になったから。あのときの恨《うら》みは今でも忘れない」

「それ、恨みのホコ先間違ってない？」

どっちかっていうと、家康さんじゃなくて先生を恨むべきだと思う。

って言うか、漢字間違えたのは海莉なんだから、誰も恨む筋合いではないような？

そんなどうでもいいことを思案しながら見上げる空は、雲ひとつない青空。

本日はまさに運動会日和《びより》だ。

「テスト終わってすぐに運動会ってのも、目まぐるしいよね」

「五月よりも六月の方が、クラスの結束《けっそく》力が強まってるからなんだって」

「一年生にとっては、その方がいいのかもね」

「だね。入学したての頃はオドオドしていた一年生たちも、最近はだいぶ高校生活に慣れてきたみたいだし」

救護《きゅうご》テントの準備を終えたあたしと海莉は、自分たちのクラスの場所に向かった。

校庭に引かれた白線や、綱《つな》引きの綱や、得点ボード。

日頃は体育館の用具室にしまい込まれている道具類が、運動会感を演出《えんしゅつ》している。

あたしは椅子に座って頭にハチマキを締めながら、プログラムを確認した。

あたしが出場する種目は、綱引きと、玉入れ。

あたしって自慢じゃないけど、運動神経《しんけい》、いっさいないから。なので、できるだけ勝敗の責任がうやむやになるような団体競技を選んだんだ。

「海莉はどの種目に出るんだっけ？」

「百メートル走と借り物競争と選抜リレー。活躍《かつやく》するから応援よろしく！」

そんな会話をしているうちに開始時間がきて、今年の運動会がスタートした。

運営委員の仕切りで、各競技がスムーズに進行していく。放送部員のアナウンスが、うまく生徒たちの競争心をあおって空気を盛り上げた。

あたしも、まずは玉入れに参加。ホイッスルと同時に玉を拾って、ひたすら頭上に投げまくる。

でもほかの人たちが投げた大量の玉にぶつかって弾かれて、カゴの中に入ってるんだか入ってないんだか、まったくカオス。とりあえず玉を投げるという責任だけは果たして、満足して席に戻った。

それぞれのチームを応援する声に混ざって鳴り響く音楽。いつもの学校生活とは違う非日常感。空からの柔らかな日差しも、校庭の土の匂いを運ぶ爽やかな風も、気持ちいい。

あたしも、今日は久しぶりに晴れやかな気分だ。

両親のことや雄太のことで、ずっと気の落ち着くヒマがなかったからなあ。

……そういえば雄太、どこかな？

テストが終わってから、運動会の準備で生徒会も忙しくしてたみたいだけど。

無意識のうちに、雄太の姿を目で探している自分に気がついて、少し落ち込んだ。

だって、こんなに長く雄太の顔を見なかったことってなかったから。

今まではどんなに忙しくたって、毎日雄太は教室に来てくれたし、電話もメッセージもマメにくれた。それが今回は、あの体育館の告白の日からなんの音沙汰《おとさた》もない。

やっぱり雄太、もうあたしのこと諦めたのかな……？

ふと、背中を丸めて地面をボンヤリ見つめている自分に気づいてハッとした。

ほらまた同じことをモンモンと考え込んでるし！

あたしは思考を切り替えるためにブルブルと頭を振って、空を見上げながら自分に語りかけた。

もういいかげんに割り切ろうよ、自分。

自分で答えを出したのに、いつまでも同じところでグルグルしててもしょうがないんだから。

雄太があたしのことを諦めたんなら、それでいい。

どっちにしろ、あたしの気持ちは変わらないから。

これからも、ずっと雄太を想い続けるだけなんだから。

どんなに悲しくても寂しくても、雄太を失うことに比べたら、よっぽどマシだ。

「瑞樹」

急に後ろから名前を呼ばれて、ピクンと体が震えると同時に心臓が高鳴る。

ギクシャクと振り返って、あたしは、彼の名前を呼んだ。

「雄太」

「よう。晴れてよかったな」

ジャージ姿で頭にハチマキを締めた雄太が、すぐ後ろに立っていた。

いつもとまったく変わらない表情で、雄太が微笑んでいる。

久しぶりに顔が見られてうれしいし、ホッとしたし、胸の奥がキュンと熱くなった。

けど、まるで体育館でのことを忘れたみたいな普通の様子に、少しとまどう。

「お前の玉入れ、見たぞ。相変わらずノーコンだなあ。パーフェクトに外《はず》してたぞ」

そんなことを言って笑ってる雄太に、なんて言えばいいのかな？

ここはどういう反応をするのが正しいんだろう？

「一個くらい、貢献《こうけん》したもん。たぶん」

とりあえず、複雑な気持ちを隠してそんなことを言ってみた。

そしたら雄太はおかしそうに笑って、話に乗ってくる。

「そりゃお前の思い込みだ。残念ながらみごとにぜんぶ外してた」

「なにさ。そんなちゃんと見てなかったくせに」

「ちゃんと見てたに決まってるだろ」

一瞬、胸がトクンとした。

『ちゃんと見てた』って、笑顔で言われたことがうれしくて。

心がほんわり温かくなって、くすぐったい。

そんなあたしの気持ちを知らない雄太が、ちょうど空いている隣の席に座って、また話しかけてくる。

「で、調子はどうだ？　最近忙しくて顔出せなくてごめんな」

忙しかったのは本当だと思う。

でも雄太が顔を見せなかったのは、あたしのせいだ。

あんな捨てゼリフをぶつけて逃げだしたあたしに、気を遣ってくれたんだ。

なのに雄太は自分が謝る。いつだってそういう人なんだ。

そういうところが、昔からあたしは……。

「海莉ー、頑張ってーー！」

クラスメイトの声援《せいえん》にハッとして、あたしは雄太からグラウンドへと目を向けた。

「あ、雄太見て！　海莉が借り物競争に出てる！」

「おー。高木、頑張れーー！」

用紙が置かれている場所まで全力疾走《しっそう》した海莉が、手近な紙を拾って開いた。

かと思ったら、周りをキョロキョロ見回しながら、困った顔で突っ立っている。

紙に書かれてる物が見つからないのかな？

運営委員の人、たまにウケ狙いで変なこと書いてたりするからなぁ。

そこが面白くて、この借り物競争は人気種目なんだけど。

「海莉、どうしたの？　急いで！」

あたしの声に顔を上げた海莉が、先生たちが待機《たいき》する場所に向かって、一目散《いちもくさん》に走っていく。そして、うちのクラス担任の手を引っ張りテントから引きずりだした。

先生は目を丸くしてヨロヨロ引っ張られながら、完全にへっぴり腰だ。

「お、おい高木？　まさか俺を連れて走る気か？」

「はい！　走る気です！」

「俺はかれこれ二十年以上も運動してないんだぞ！　いきなり走って死んだらどうする！」

「どうでもいーから、早く！」

「よくないだろぜんぜん！」

全校生徒の笑い声と歓声《かんせい》を受けながら、海莉と先生が並んで走る。敵チームに追いつかれそうになって、本気モードを発動した海莉が、先生の腕を容赦なく引っ張って突っ走り始めた。

だ、大丈夫かな？　あれで海莉は運動神経がよくて足も結構速いんだよ。

「ねえ雄太。あの状況ヤバくない？」

「御年五十才をすぎた先生には、かなりハイレベルなペースだな」

「ちょ、ねえ、真面目に先生大丈夫!?　なんか顔色変わってますけど！」

「やべ！　ＡＥＤ用意した方がいいか？」

雄太とふたりでハラハラ見守っていると、海莉と先生チームがみごとに一位でゴールしてホッとした。

先生はもう、その場にしゃがみ込んでゼイゼイ息を切らしている。

「ああ、よかった。うちの学校から死人が出ずにすんで本当によかった」

胸をなで下ろしている雄太と一緒に、あたしも苦笑い。

マイクを持った運営係の生徒が海莉たちに近寄って、海莉から用紙を受け取った。

ゴールした生徒は、用紙に書かれている内容を読み上げられる。

そして持参した品物が合っているかどうか、全校生徒の判定《はんてい》を受けるんだ。

今回は、用紙に先生の名前が書かれてあればセーフってことだろう。

「それでは読み上げますので、皆さん判定をお願いします。紙に記載《きさい》されていた借り物は、えーと……」

運営係が用紙を見ながら、マイクを構えて読み上げた。

「不燃《ふねん》ゴミ」

——シーン。

一瞬の沈黙のあと、校庭中を揺るがす大爆笑《ばくしょう》が巻き起こった。

もちろんあたしも雄太もその一員。

まさかの、不燃ゴミ！

それで先生をチョイスする海莉、アンタって本当に……！

「たあーかあーぎい」

立ち上がった先生が、目を吊《つ》り上げて海莉に迫る。

対して海莉は、必死に両手をプルプル振りながら後退した。

「や、誤解です。ざっと見回したんですけど不燃ゴミが見当たらなくて。困ってたらちょうど先生の姿が目に入って。あ、ラッキーって」

「それでなんで俺が不燃ゴミなんだよ？」

「だって先生が一番煮ても焼いても食えないタイプ……あ、ちなみにこれ、ほめてますから全力で！」

「そういえばお前、なぜか俺の教科だけダントツで成績悪いよな？　嫌がらせか？　そうなのか？」

「それは誤解です！　あたしが日本史嫌いなのは、過去の悲しいトラウマが原因なんです！」

「ちょうどいい。あのふざけた徳川家光大量発生の答案用紙について、きっちり説明してもらおうか」

「だからふざけてるわけじゃなくて、過去のトラウマがー！」

海莉と先生のやり取りに、生徒も保護者《ほご》者も先生たちも、お腹を抱えて大笑い。

あたしもひきつけを起こす寸前まで笑いまくりながら、隣の雄太を見た。

雄太も目に涙を浮かべて、両手をバシバシ打ち鳴らしながら爆笑中。

ああ、大好きな横顔がこんなに楽しそうに笑ってる。

お腹の底から笑ってる声を聞くだけで、こっちまで幸せになれる。

黒髪が、お日さまの光をキラキラ反射してきれい。

目も、鼻も、唇も、頬から顎にかけてのラインも、ぜんぶ好き。

大好きだよ雄太……。

「甲斐、悪ぃ。代走頼まれてくんね？」

素敵な笑顔にうっとり見惚れていたら、雄太のクラスメイトが横からヒョイと顔を出してきて、我に返った。

う、うわ。恥ずかしい！　今あたし絶対、顔中の筋肉ユルユル状態だった！

「代走？　どうかしたのか？」

「借り物競争に出る予定のヤツが、さっき捻挫《ねんざ》した」

「そっか。いいよ、俺出る」

雄太は立ち上がり、「じゃあ瑞樹、またな」って言いながら急いで立ち去った。

人混みに紛れて見えなくなるまで見送るあたしの心は、今日の日差しみたいにポカポカしている。

よかった。ホッとした。

雄太はこれまでとなにも変わっていない。

やっぱりあたしたちはずっと一緒だ。今まで通り、こうして隣同士で笑いあって毎日を過ごしていけるんだ……。

スタートラインに立った雄太に、あたしは手でメガホンを作りながら声援を送った。

「雄太、頑張れー！」

ピストルが鳴って雄太が真っ先に走りだす。そして用紙を拾って開いた。

なにが書かれているのかな？　どうか簡単な物でありますように！

両手をギュッと握って祈りのポーズで見つめていると、雄太はすぐに走りだした。

そしてどんどんこっちに近づいてくる。

「瑞樹！」

とつぜん雄太に名前を呼ばれて、祈りのポーズのままキョトンとした。

「一緒に来い！」

あっという間に目の前まで来た雄太が、あたしの手を掴んで走る。

え？　え？　え？

問答無用で、あたしもジタバタと走りだした。

うわわ、ちょっと待ってよ雄太。アンタあたしより十倍は足が速いんだから！

「瑞樹、頑張ってー！」

「行け行け甲斐！　もっと速く走れ橋元！」

すっかり周りから注目を浴びちゃって、熱くなった頬が風とすれ違う。

は、恥ずかしい！　しかも、手！　雄太の手が、あたしの手をしっかり握っているんだもの！

手を繋いだのなんて久しぶりだよ。記憶の中の雄太の手とは比べ物にならないほど大きくて、硬い感触。

『男の子の手だ』って意識したら、ドキドキしてますます顔が熱くなった。

「瑞樹、大丈夫か？」

声援を浴びて走りながら、あたしを気遣ってチラリと視線を流してくる雄太の目つきに、また胸が甘くうずく。急激に恥ずかしさマックスになっちゃって、頭のてっぺんまでカーッとなって、足もとを気にするふりして慌てて下を向きながら走った。

ううう、あたし今絶対にゆでダコみたいになってる。顔上げらんないよぉ。

雄太に掴まれてる手が異常に熱い。腕の付け根まで緊張してるのに、こうして手を繋いでいることがすごくうれしいんだ。

ずっとずーっと、雄太とこうしていたい……。

でもそんな、照れくささと幸福感の入り混じった時間は、あっという間に終了。

雄太の俊足《しゅんそく》に助けられて、無事に一位でゴールしたあたしは、騒がしい胸を押さえながら息を整えた。

く、苦しい！　急に走ったせいなのか、それとも雄太のカッコよさのせいなのかわかんないけど！

マイクを持った運営委員がこっちに向かってくるのを見ながら、あたしは雄太に握られている手をはなそうとした。

ちょっと名残惜しいな。……ん？

手を引っ張ったのに、なぜか雄太が離してくれない。

それどころか逆にギュッと力を強められてドキッとした。

「あの、雄太？」

手、はなしてくれる？

目で問いかけながらオズオズと雄太を見上げると、雄太はもう片方の手に持っている用紙を、黙ってあたしに見せた。

書かれていた文字を読んだあたしの胸が、バクンと大きく弾ける。

『想い人』

真っ白な四角い紙の真ん中に、黒いボールペンで書かれたその文字が、両目を通して心に飛び込んできた。

反射的に顔を上げたら、雄太が真剣な顔をしてあたしを見つめている。

「俺、絶対に瑞樹を諦めないから」

一瞬で全身の血が沸騰《ふっとう》して、心拍数《しんぱくすう》が跳ね上がった。

雄太の視線の強さに射抜かれたみたいに、体がピクリとも動かない。

雄太の言葉と、あたしの手を包む温もりが、あたしの中で急速に膨れていく。

ど、どうしよう。ほかにもいっぱい用紙が置いてある中から、よりによってこんな文字が書かれた紙を雄太が拾うなんて。

こんな偶然《ぐうぜん》が本当にあるの？

動揺しているあたしの様子を見て、雄太がちょっとだけ口もとを緩めて言った。

「言っとくけど本当にこれは偶然だから。俺もこの用紙を見たとき驚いた。マジで俺たち運命だわ」

――ドキン！

そんなこと言われて、ますます頭が熱くなって全身に汗が噴《ふ》きでた。

う、運命って、なに言ってるのよ雄太のバカ！

そんな余裕の表情してるけど、もうすぐ委員が来て、この文字を読み上げるんだよ⁉　全校生徒が注目しているこの場で！

そしたらあたし、もうどこにも逃げ隠れできなくなっちゃうよ！

どうしよう。どうしよう。どうしよう！

「それでは一位になったチームから用紙を読み上げまーす」

マイクを持った委員が、雄太から用紙を受け取っている。

追いつめられたあたしの心臓は、今にも煙《けむり》を発してしまいそうなほどドクドク鳴って、限界《げんかい》寸前だ。

あれを読まれたら、もう……！

「ダメ！」

あたしは叫びながら全身の力で雄太の手を振りほどいた。

そして委員の手から強引に用紙を奪い取り、この場から必死になって逃げだす。

「瑞樹！」

雄太の声が聞こえたけど、振り向かずに懸命に走り続けた。

この意外な展開にポカンとしていた会場の雰囲気が、すぐに笑いに変わる。

「イケメン副会長が、捕獲《ほかく》した女子に逃げられたぞー！」

「あの紙、なんて書いてあったんだよ？　女子が逃げだすような恥ずかしいことだったのか？」

「きゃー。甲斐くんたらエッチなんだから！」

男子のふざけた笑い声に混じって、マイクの音声が響く。

「借り物に嫌われて逃亡された副会長は、残念ながら失格です！　はい、甲斐くんお疲れ様でしたー！」

ドッと歓声が湧いた。その笑い声に追い立てられるように、あたしは走り続ける。

校庭から離れて体育館の裏手に駆け込み、やっと立ち止まった。

周りに誰もいないことを確かめてから、ゆっくりとその場にしゃがみ込む。

そして、なにかから身を守るようにヒザを抱えて丸まって、じっとしていた。

ほかになにをすればいいのか、わからなかったから。

校庭からは、運動会におなじみの軽快な音楽が聞こえてくる。

さも楽しそうな空気は、独りぼっちのあたしなんかお構いなしに、どんどん盛り上がっている。

ねえ、どうして？

どうしてこんなことになっちゃったの？

「瑞樹、ここにいたの？」

少し離れたところから、音楽に混じって海莉の声が聞こえた。

きっと心配して探しにきてくれたんだ。でも顔を上げることができない。

うずくまったまま身動きもしないあたしの隣に、海莉が近寄ってきて、しゃがみ込んだ気配がした。

「ねえ、瑞樹」

「あの紙ね、『想い人』って書いてあったの」

「……そっか」

「あたし、また逃げちゃった」

また雄太を拒絶した。

もう二度と拒絶なんかしたくなかったのに。

よりによって、全校生徒や先生たちや保護者たちの前で、恥をかかせた。

こんなの最悪のやり方だって自分でもわかってる。

でも、じゃあ、ほかにどうすればよかったんだろう？

「もしもあのまま読み上げられてたらさ、周りが勝手に盛り上がって、きっと『告白タイム！』って流れになってたと思うんだ」

「うん。あのノリだと公開告白になってたろうね」

「そんなの、無理だよ」

全校生徒の面前で雄太をふれって？

雄太にそんな、大恥かかせられるわけないじゃん。

じゃあ、みんなの目を気にして告白をオーケーするの？

それはできない。

できたら苦労しないんだよ。なんのためにこんなに苦しんでるのよ！

……もう、やだよ。

あたしはただ、雄太とずっと一緒にいたいだけなんだよ。

お父さんがいなくなって、大切なものが跡形《あとかた》もなくあっさり壊れちゃった。

そして失ったものは、泣いても叫んでも戻らない。

「だからね、もう二度と失いたくないんだ」

「瑞樹……」

「雄太まで失ったりしたら、次に壊れるのはあたしの心だから」

お願いだから……。

「どうか雄太だけは、守らせ、て、よぉ……」

喉の奥から振り絞った小さな声は、涙にかすれて途中で消えた。

心の中で、苦しい思いと悲しい願いがパンパンになるほど膨らんで、行き場を失って破裂しそう。

ヒザを抱えたまま、どうしようもなくグスグス泣いてるあたしの背中を、優しい手がトントンと叩く。

なにも言わない海莉の手のリズムが、なによりも慰めになった。言葉よりもずっと温かい気持ちが、背中を通して伝わって、少しずつあたしの心に染《し》み渡る。

鼓動と同調するリズムが、あたしの中に語りかけてくるんだ。

『大丈夫だよ。あたしは、ずっとそばにいるよ』って……。

ありがとう、海莉。

ありがとう。ありがとう。ありがとう……。

「心配かけてごめんね、海莉」

しばらく泣いたあと、手の甲でゴシゴシ顔を拭《ぬぐ》って、ようやくあたしは顔を上げた。

両目と鼻の周りが熱くてジンジンするけど、どうにか笑顔になれたのは、海莉のおかげ。涙が収まったら、いつまでもこうしてはいられない。

「またグチに付き合わせちゃったね。もう校庭に戻ろう」

「大丈夫？　もう少しここにいようか？」

「ううん。リレーに間に合わなかったら大変だもん。海莉はうちのクラスの重要な戦力なんだから」

「まあね。自慢じゃないけどお荷物の先生を引きずって、一位取れるだけのパワーは持ってる」

「それ、立派に自慢」

あたしたちは顔を見あわせ、クスッと笑った。

そしてふたりで立ち上がり、体育館裏から校庭へと戻っていく。

校庭では応援の叫び声や実況の音声が重なりあって、相変わらず盛り上がっていた。

「ちょうど借り物競争が終わるところみたいだね。……あれ？」

「どうしたの？」

「あそこにいるの、甲斐くんじゃない？」

海莉が指さす方向を見ると、たしかにゴール走者の待機《たいき》場所に雄太が立っている。

さっきはあたしのせいで失格になっちゃったわけだから、つまり今度は、雄太が誰かに借りだされたってことなんだろう。

ええと、雄太を借りた走者は……？

――ズキン。

胸の奥で不穏《ふおん》な音が響いた。

雄太のすぐ隣に立っていたのが、見知らぬ女子生徒だったからだ。

べ、べつに、隣に女の子が立ってるくらいで、どうというわけじゃないけど。

「あの子、誰かな?」

でもできるだけ、気にしていないふうに聞こえるように意識したりして。

丸みのあるショートボブの髪のサイドを耳掛けにして、頬のラインをすっきり出している女の子の顔を見た。

「外靴のラインの色が赤だから一年生だね。なんか見覚えある気がするから、うちらの中学の後輩かも」

ついこの間まで中学生だったわりに、しっかりと落ち着いた表情が大人っぽい。とくに派手な目鼻立ちじゃないけど、きれいだなって印象で、余計に胸がザワザワする。

きれいな女の子が雄太の隣に立つのは……うれしく思えない。

「それでは用紙を読み上げまーす。……ん?」

マイクを持った委員が、用紙を見ながら目をパチパチさせて、様子をうかがうように女の子を見た。

女の子がコクンとうなずくのを確認して、すぐさま興奮した声を張り上げる。

「『想い人』!」

雄太の両目が見開かれて、パッと女の子の方を向く。

校庭中が一瞬シーンと沈黙した。

そして次の瞬間……すごい歓声がドォッと校庭中に轟《とどろ》いた。

「ヒューッ！　すげえ！」

「甲斐くん、かわいい子に告白されちゃってる！」

「なんで甲斐だけモテんだよ、ちくしょーっ！」

四方八方から無数の叫び声が飛び交って、どんどん熱気が高まっていく。

そんな全校生徒が浮かれているなかで、あたしはまるで、冷たい水に頭のてっぺんまで浸かっているような気分だった。

あの子……。雄太のことが好きなんだ……。

急激に体温が下がっていくのに、胸の奥の一点だけがジリジリ灼《や》けるみたいに熱い。

気持ちの悪い温度差を感じながら、騒ぎの中心にいる雄太を瞬きもせずに見ていた。

雄太は、笑っている。

眉を下げて、唇の両端を上げて、ちょっとだけ困ったように首を傾げて、その場を取りなすように笑ってた。

わかってる。場の空気を読んでるんだって。それくらい顔を見ればすぐわかる。

でも……。

でも、お願い雄太。

笑わないで。

自分のことを真っ直ぐ見上げる女の子を見返しながら、笑顔なんか見せないで。

「それでは本当に彼女の想い人が甲斐くんなのかどうか、ここでちゃんと宣言してもらいましょう！　じゃないと競技失格になりますからね！」

ノリノリの委員がマイクを女の子に向けて告白を促して、あたしの胸のジリジリ感がいっそうひどくなる。

嫌だ。こんなの見たくない。

なのに、視線が釘付《くぎ》けになっちゃってぜんぜん動かせない。

たぶんあたし今、まるで残酷な映画のシーンでも見てるような、悲惨《ひさん》な表情をしていると思う。グッと息を止めて見守るあたしの耳に、マイクを通した柔らかい声が広がった。

「一年一組の田中桃花《たなかももか》です。甲斐先輩とは同じ中学で、その頃から先輩のことがずっと好きでした」

すごい力で胸を殴《なぐ》りつけられたような痛みを感じて、とっさに歯を食いしばった。

決定的な言葉が、ナイフのように心臓の奥深くに突き刺さっている。

雄太のことを好きな子が、雄太に告白した。

あたしの目の前で。

その事実に、あたしはまるで地球最後の日を迎えたみたいな、強烈なショックを感じている。

「さあ甲斐！　返事はどうした？」

「一年生に恥かかすなよ!?」

「そうだそうだ！　かわいい子だしオーケーしちまえ！」

あちこちから無責任に囃したてる声に、隣の海莉がキレて「やかましいわ！」と毒づいた。

どこからともなく手拍子《てびょうし》が鳴って、『オーケー』コールが湧き上がる。

完全にでき上がってしまった周囲の様子をチラリと眺めてから、雄太が女の子と向き直った。

「じゃあ、友だちから」

マイクを通して聞こえた当たり障《さわ》りのない返事に、いっせいにブーイングが起きる。

でも女の子は……田中さんはニコッと微笑んで「はい！」とうれしそうに答えた。

そんなふたりを見て、生徒たちから明るい拍手と指笛が盛大に鳴る。

「ほらほら！　もうそろそろ競技を進めるぞ！」

教頭先生が割り込んできたのを合図に、雄太と田中さんが一緒にそこから移動を始めて、ようやく騒動《そうどう》が収まった。

生徒たち誰もかれもみんな、おもしろい動画でも見たあとみたいな顔をしてる。

今はまだちょっと興奮していても、しばらくすれば興味が次に移るみたいな。現にもう、ほとんどの人は雄太たちのことを見ていなくて、次のムカデ競争に注目している。

でもあたしは違った。なにか会話を交わしながら、ふたり並んで得点集計場所に向かう雄太と田中さんの姿を、一瞬も見逃さずに見続けていた。

しっかりした上級生らしい態度の雄太と、落ち着いた微笑を浮かべる田中さんは、なんだかよく似ているように見えた。

「瑞樹。ねえ、大丈夫?」

海莉の心配そうな声が聞こえたけれど、答えることができない。

あんまり……というか、かなり大丈夫じゃないから。

雄太の隣に、あたしじゃない女の子が立っている。

まるで風の強い日の水面みたいに、心の表面がザワザワと乱れている。

その不規則な乱れが、強い不安と痛みを生む。

あたしはとにかく必死に胸の痛みをこらえながら、唇を固く結んで、ふたりの姿を見つめ続けているよりほかに、なかった。

夕暮れの交差点

あの衝撃の運動会から、もう一週間がすぎた。

今はちょうど学校のお昼休み。あたしと海莉はトイレに同伴《どうはん》して、教室まで戻る途中だ。廊下には窓の外から日差しが燦々《さんさん》と射し込んで、床の上に黒い影と白い光のコントラストが浮かんでいる。

最近急にお日さまの勢いが強い日があったりして、少しずつ夏へのステップが始まってる感じだ。

「そういえば、日本史のテストはどうなったの？　答案用紙戻ってきてたよね？」

「赤点手前でなんとかクリア。先生とは『徳川家光』は二度と無意味に使わないって約束で、無事に和解《わかい》したよ」

「家光は封印されちゃったのか。これからどうするの？」

「大丈夫。家光は封印されても、あたしには吉宗《よしむね》がいる！」

グッと拳を握って不敵に笑う海莉に、あたしもつい声を上げて笑ってしまった。

三代将軍から八代将軍に鞍替《くらが》えするわけね？　さすがは海莉。

「ま、徳川将軍は十五代もいるからね。順番に使っていけばとうぶんは……」

教室の手前で海莉が急に話すのをやめて、その場に立ち止まった。

それまでの笑顔から一転して無表情になって、廊下の先をじっと見ている。

どうしたんだろうと視線を向けたあたしは、すぐにその理由を理解した。

隣の教室の廊下の窓際で、雄太が立ち話をしている。

雄太の向かいには、あの田中桃花さんが笑顔で立っていた。

「また来てる。あの子」

向かいあって楽しそうに話しているふたりを睨《にら》みながら、海莉がめったに聞かないような低い声でつぶやく。

隣で黙って立ちつくすあたしは、心の中を強引にグルグルかき回されているみたいな、息苦しい気持ちでいっぱいだ。

ああ、運が悪いな。また見ちゃった……。

あたしたちの視線に気がついたのか、雄太がチラリとこっちを見た。

視線がカチあって、見つかったバツの悪さにあたしの心臓がズクンとうずく。

今あたし、どんな顔をしているんだろ？

雄太の唇が、なにかを言いたそうに動いたけれど、あたしは急いで目を逸らした。

たぶん、すごい暗い目をしているだろう自分の姿を、雄太に見られたくない。

顔を強張らせたまま視線を伏せていたら、海莉が「行こ」とあたしの腕をグイグイ引っ張って、そのまま教室の中に入った。

そして海莉は無言で自分の机と隣の机をくっつけて、お弁当を食べる場所の準備をしてくれている。あたしは自分の席からお弁当を持ってきて、海莉が用意してくれた席に座った。

なんとも微妙な空気のまま、お弁当タイムが始まる。

このまま食べると消化に悪そうで、あたしは空気を変えるために、できるだけ普通の口調で海莉に話しかけた。

「ねえ、海莉」

「なに？」

「今日の海莉のお弁当って、なにそれ？」

お弁当のご飯にふりかけを振りながら聞くあたしに、海莉は平然と答えた。

「バナナ」

「……バナナ？」

「そ。見てわかんない？　バナナ」

いや、まあ、わかるけどね、バナナは。

でも今ここで問題なのは、そういうことじゃないでしょ。

なぜ海莉の机の上に載っているのが普通のお弁当箱じゃなくて、ドーンとバナナひと房《ふさ》なのか？ってことなんだけど。

「ご近所さんから、大量にバナナのおすそ分けがあったのよ。ちょうど食べ頃の」

「たしかに、いい具合にシュガースポットが表面に浮いてるね。そのバナナ」

「でしょ？　あんまり日持ちしないからさ。一家全員で大急ぎで消費《しょうひ》に努めてんの」

よーく熟《じゅく》したバナナ特有のあの芳香《ほうこう》が、周りにムンムン漂っている。

海莉ってば、この前は納豆を持ってきてたしな。高木家の特徴なのか、それとも海莉個人の嗜好《しこう》なのか、こういう変わったお弁当を持ってくることがたまにあるんだ。結構クラスのみんなも海莉が次になにを持ってくるのか楽しみにしてて、すでに名物化している。

「よかったら瑞樹も食べて。一本どうぞ」

「ありがとう」

海莉が房から一本むしり取ったバナナを、お礼を言って受け取った。

「食べ終わったらさ、その皮を〝あの子〟の通り道に置いとけばいいよ。そんでスッ転ばしてやれば？」

海莉がわざとらしいほど刺々《とげとげ》しく呼ぶ〝あの子〟が、どの子のことかすぐにわかって、あたしは苦笑いした。

「そんなマンガみたいな効果、本当にあるのかな？　バナナに」

「バナナをバカにしちゃイカンよ。栄養価も高いし偉大《いだい》な食べ物なんだから。信じなさい、バナナの威力《いりょく》を」

真面目な表情の海莉に、つい笑ってしまった。

べつにバナナをバカにしてるわけでも、信じていないわけでもない。

一瞬頭の片隅で、本当にそのシーンを想像しちゃった自分がバカらしいだけ。

「毎日来てるよね。あの子」

モグモグと口を動かしながら海莉が言う通り、田中桃花さんはあれから毎日、昼休みや放課後に雄太のクラスを訪ねてくるようになった。

そのせいで最近海莉は、雄太に対してもちょっと機嫌《きげん》が悪い。

「よく来られるよねー。一年生が上級生の教室にさ」

「だって、雄太と田中さんは友だちだし」

そう言いながら、『友だち』っていう平凡な単語を、こんなにも複雑に感じている。

廊下で立ち話をしているふたりの姿を見ると、本当に病気になったんじゃないかってくらい、胸がすごく苦しいんだ。

だから見たくない。もっと本音を言えば、雄太に田中さんと一緒にいてほしくない。

でも、あたしにはどうすることもできない。

だって〝幼なじみ〟のあたしに、友だち同士の邪魔をする権利なんてない。

『でしょう？　それが当然の理屈だよね？』

そんなふうに心の中で自分に問いかけて、『その通り』という自らの答えを聞く。

そのたびに、なんだか自分自身を追い詰めているみたいな息苦しさを感じる。

近頃はその繰り返しばかりだ。

「友だちなんて言ってさ、あの子の本心はそれ以上を望んでるわけでしょ？」

海莉は二本目のバナナの皮をむきながら、あたしが目を逸らしたい事実をズバズバ指摘する。

たしかに、その事実があたしにとっては一番痛いところだ。

「甲斐くんはどう思ってるか知らないけど、あたしあの子嫌い。まるで猟銃《りょうじゅう》持ったハンターが、狙った獲物《えもの》にじわじわ近づいてるみたいじゃん。なんか気に食わない」

「そんな悪い子でもないように思えるけど」

雄太と話しているときの彼女は、頬を赤く染めて、目をキラキラさせて雄太を見つめている。純粋に『甲斐先輩と話せて幸せです！』オーラが全身から出ていて、周りなんてぜんぜん目に入ってない。

雄太に夢中で、雄太しか見えなくて、雄太を好きでいられることが本当に最高にうれしくて、たまらない。

その気持ち、すごくすごくわかる。

あたしも同じだから。

きっとあたしも、田中さんとまったく同じような目をして雄太を見てたんだろうなって思う。

だから、同じ想いを持つ者として簡単には彼女を責められない。

「甲斐くんも甲斐くんだよ。ちょっと優しすぎない？　『上級生のクラスに、大した用もないのにちょくちょく来んな』くらい言ってやればいいのに」

「そんな乱暴な。べつに下級生が上級生のクラスに来ちゃダメっていう校則《こうそく》はないんだし」

「ああいう図太い子には、それくらい言ってやった方がいいんだよ。校則になくても、周りを不愉快にさせないなんてのは常識でしょ」

「誰が不愉快になってるのよ」

ちょっと笑って言いながら、自分でも白々《しらじら》しいなと思う。

でも、表立ってはそう言うしかないんだよ。だってあたしには不愉快になる権利なんてないもん。

「あたしが不愉快なの！」

複雑な心境のあたしの代わりに、海莉は容赦なく本音を吐きだす。

「そこまで嫌う？」

「瑞樹以外で甲斐くんを好きな女と、関先輩を好きな女は全員、あたしの敵だよ」

それはつまり訳せば『あたしは全面的に瑞樹の味方です』って意味で。

そういう海莉の気持ち、理屈じゃなくすごくうれしい。気持ちがフッと楽になる。

自分が好きな男の子のことを、自分以外の女の子も、好き。

それがこんなに苦しいんだってことを、今さら思い知ってるんだ。

雄太は昔から女の子に人気があったけど、これまで誰とも付き合ったことなんてなかったし。

「ま、甲斐くんはあの子のことなんて、なんとも思ってないだろうけどねー」

三本目のバナナに手をつけながら海莉が言う。

田中さんと話してるときの雄太は、上級生らしい穏やかな態度だ。

いつも優しく微笑んでいるけれど、とくに彼女に対して特別に接しているようには見えない……と思う。あたしがそう思いたいだけかもしれないけど。

なんていうか、これまでは雄太の表情を見ればだいたい考えていることがわかったのに、今回は自信がないんだ。

ひょっとしたら、田中さんのこと少し意識してるんじゃないかな？

そんな思いが頭の片隅に、クモの巣みたいにずっと張り付いてて、払っても払っても粘着《ねんちゃく》して消えてくれない。

こんなこと初めてで、とまどってる。

考えてみれば雄太って、本当に今まで誰からも告白されたことないのかな？

そんなこと一度も雄太から聞いてないけど、あたしに言わなかっただけで、実は何度かあったのかも。だってあんなに女の子に人気あるんだし、そう考えた方が自然だよね？

「ね、ねえ海莉。雄太ってさ、すごくモテるよね？」

「うん。モテるね」

「あんなにモテるんだからさ、これまでも女の子から告白されたことって、あったりすると思う？」

「うん。てか普通にあったでしょ。何回かそういう噂、あったじゃん」

「え？」

「え？」

目を丸くして驚くあたしに、海莉もバナナをもぐもぐしながら目を丸くした。

そして上目づかいになって、おそるおそる切り出した。

「え？　瑞樹本当に知らなかったの？　あったよ？　これまでも何度か」

「……えぇぇー!?」

つい大声を出しちゃって、周りがビックリしてこっちに注目する。

あたしはコソコソ肩をすぼめて、自分に集まった視線を受け流した。

やだ！　あたしだけが知らなかったってこと⁉

な、なんだか自分がバカみたい。今さら？　今さらこんなことに気がつく？

「海莉、なんで言ってくれなかったの？」

つい、責めるような口調になったあたしに、海莉が唇を尖らす。

「言わないよ！　わざわざそんな微妙な話題、どんな顔して切りだすのさ。瑞樹から言いだすならともかく」

そりゃそうだ。

雄太に片想いしているあたしに向かって、あえて海莉からそんなつらい話題を振れないや。

「てっきり瑞樹も知ってると思ってたよ。知ってて黙って受け止めるなんて、鋼《はがね》のメンタルだなーって感心してたんだけど」

「それ、勘違いだよ。自慢じゃないけどあたし、メンタルは豆腐《とうふ》や生クリームといい勝負」

ガックリと頭を抱えるあたしに、海莉がしみじみした声で言う。

「だよね。ちょっと変だなとは思ってたんだけどさ。甲斐くんもそんな瑞樹の気持ちに配慮して、なにも言わなかったんじゃない？」

そうなのかもしれないけど、たしかなことはわからない。

今さらそんな、「なんで告白されたこと黙ってたの？」なんて追及するのも変だし。

田中さんが毎日雄太に会いにくるようになって、雄太のこと避けちゃってるから。

雄太に公開告白した田中さんの存在に引け目を感じて、雄太に近づけないんだ。

あのときあたしは逃げだしたのに、あの子は違った。あんなに堂々としていた。

そして彼女は雄太への好意を、なんのハードルも感じさせず真っ正直に発散している。その姿にうらやましいとか、嫉妬《しっと》とか、ネガティブな感情が入れ代わりでチクチク胸を刺すんだ。

自分がちっぽけで情けなく感じて、気が滅入《めい》る。

「それで瑞樹はどうするの？」

「どうするって、なにを？」

「甲斐くんのことだよ。このままでいいの？」

あたしは言葉に詰まって海莉を見た。

海莉は真っ直ぐな目であたしを見つめて、ストレートに聞いてくる。

「今まで甲斐くんと瑞樹は両片想いで、くっつくのは時間の問題だったでしょ？　でも状況が変わったじゃん？」

雄太はずっとあたしのことを想ってくれていた。

だからこれまで誰からの告白も受けずにいたんだろう。

でもあたしは雄太を振ったんだから、もう雄太の恋人にはなれない。

つまり、いつかはあたし以外の誰かが、雄太の恋人になるということだ。

——ズキン！

息が詰まるような強い痛みが込み上げて、思わず唇を噛んだ。

あたし以外の誰かを一番大切に想う雄太？

ほかの誰かに、心を奪《うば》われてしまった雄太？

……嫌、嫌だ。

そんなの、全身が切り刻《きざ》まれるよりもつらい。想像しただけで苦しくて悲しくて、今にも悲鳴を上げそうになる。でもただの幼なじみのあたしは、見知らぬ誰かと恋に落ちる雄太を、黙って見ているしかないんだ。

「このままずっと甲斐くんの気持ちを拒否《きょひ》するの？　それでいいの？　あとで後悔することにならない？」

海莉からの続けざまの問いかけに、なにひとつ答えられなくて、あたしはオロオロと視線を泳がせた。

あたしは、後悔したくなかった。

将来お父さんとお母さんみたいにだけはなりたくなくて、雄太と幼なじみのままでいることを選んだ。

でもそうすることによって、また違う形の後悔をすることになるかもしれない。

だとしたらあたしはいったい、どうすればいいんだろう？

雄太の告白を受け入れて恋人同士になって、いつか訪れるだろう終わりの日を待つべき？

それとも一生続く幼なじみの関係を続けて、雄太があたし以外の誰かを想う姿を、ずっと隣で見続けるべき？

どっちを選んでも、あたしには苦しみしかないじゃない。

「わからない。ぜんぜんわからないよ。海莉」

半ベソの情けない声を出して、海莉に手を伸ばして救いを求めた。

すぐにその手を握ってくれた海莉にも、答えは出せない。

つらそうに眉を下げて、あたしをじっと見つめることしかできなかった。

その日の放課後、委員会活動を終えたあたしは、ひとりでトボトボと下校していた。

ちょうど夕暮れ時で、いつもの商店街全体が、空から降るオレンジ色の光にきれいに染まっている。

一日の終わりを感じさせるその空気を、今日は一段と寂しく感じた。

ついこの前、雄太とふたりで帰った道。

あのときは雄太を好きでいることがただ幸せで、なにも考えずに横顔を見つめていられたのに。

この先もずっと、変わらない毎日が続くと信じていたのに。

どうすることがあたしと雄太にとっての一番なのか、わかんない。

どの道を選んでも行き止まりで、結局、あたしたちに明るい未来なんか待っていないような気がする。

雄太のことを好きでさえいられれば、それで満足なはずだったのに。どこでおかしくなってしまったんだろう。

舗装《ほそう》された道路に伸びる自分の黒い影が、力なくうつむいている。

この先の交差点の信号が変わる音楽が聞こえて、ふと顔を上げたあたしの足がピクリと止まった。見開いた両目は、ほんの十数メートル先の交差点の手前に立つ、ふたつの人影を凝視している。

あれは……雄太と、田中さん。

ふたり仲良く並んで笑顔で会話を交わす姿に、息ができないほどの衝撃を受けて、あたしの中の時間が止まった。

なんで、一緒にいるの？

雄太、なんで田中さんと一緒に下校してるの⁉　最近じゃあたしとだって一緒に下校していないのに。

休み時間に立ち話をしてるだけじゃなかったの？　学校が終わったあとも、こうしてふたりの時間を過ごしていたの？

あたしの、知らない間に？

声にならない問いかけが、次から次へと浮かんでくる。

頭のてっぺんから冷たいなにかがスーッと下りてきて、凍《こご》えるように冷たい指先はピクリとも動かない。

雄太が、あたしじゃない女の子と一緒に下校している。

この状況を、どう受け止めればいいのかわからないんだ。

理解することを、自分の頭と心が拒否している。

認めたくない。この光景には深い意味なんてない。

でも、そんなあたしの必死の現実逃避も、すぐ無意味になった。

あたしの目の前で、一緒に交差点に踏みだしたふたりの、手が。

お互いの手が、しっかりと繋がれるのを見てしまったから。

黄昏色の空気が、雄太の横顔を柔らかな陰影《いんえい》で飾って、悲しいくらいきれいだ。

優しく細められた二重瞼の目が見つめるのは、頭ひとつ背の低い、あの子。

あたしではない女の子。

今あたしの目の前で彼女の手を包んでいる、あの大きな手のひらの感触を覚えてる。

固くて、温かくて、力強くて心から安心できた。

間違いなく、あたしの手を握ってくれていたのに……。

呆然《ぼうぜん》と立ちすくむあたしから、ふたりが横断歩道のメロディーと一緒に、どんどん遠ざかっていく。

その姿が人混みに紛れて見えなくなっても、あたしは一歩も動けなかった。

やがて人と車の流れが変わって、ようやくあたしの中の時間も流れ始めて。

でも自分が今、なにをどうすればいいのかぜんぜんわからない。

すぐ近くの花壇の縁《ふち》にペタンと座って、無意味に空を見上げることしかできなかった。

「…………」

思考停止の状態で見上げる夕焼け空は、鮮やかな朱色と薄い金色がどこまでも混じりあい、波のような形の大きな雲が輝いている。

息を飲むほどきれいな色を眺めていたら、眩しくもないのに涙が浮かんできた。

あたしは急いでポケットからスマホを取り出して、イヤホンを耳につけて、一番切ない曲を選んで再生する。

泣いているのは、この曲を聴いているせい。

そんなふうに自分を装いたかった。

涙に濡れた両目に映る景色は、いつもと変わりない街並み。

夕日を反射するビルの窓と、濃いオレンジ色に染まる空気と、どこかへ帰る人の群れ。そして目の前でランドセルを背負った子どもたちが、笑顔で手を振りあって別れていく。

『バイバイ。また明日』

そんな穏やかな声が聞こえた気がした。

あの声は……あたしと雄太の声？

いつもこの場所で、そう約束して別れた。

あの約束は、この空みたいにどこまでも続いていると信じていたのに。

もう、あたしとは約束してくれないの？

もうあの日みたいに、横断歩道の向こうから、あたしに手を振ってはくれないの？

～♪

イヤホンから聴こえる、まるで泣いているような女性シンガーの歌声。

届かないまま終わる恋を悲しむ歌詞が、今のあたしにはあまりにも切なすぎる。目の前のセピアに染まった世界から、あたしひとりだけが置き去りにされたみたいだ。

心細さと寂しさに涙があふれて、すべてが霞む。

瞬きをした一瞬だけ視界が晴れても、また次の瞬間には、ぼやけてしまう。

「ヒック、ヒック……」

胸の奥から噴きだす感情が、嗚咽《おえつ》になって口からこぼれた。行き交う人が、人混みの中で遠慮なく泣いているあたしに物珍しそうな視線を投げつける。

……見ないで。

なんでもないから。あたしは、この曲が悲しくて泣いているだけだから。

どうか誰もあたしを見ずに、ここから黙って立ち去ってよ。

熱い涙をポタポタこぼし、苦しい呼吸を繰り返しながら、深い黄昏の中であたしは泣き続ける。

いつの間にかもう、きれいな夕日はビルの谷間に沈んでしまっていた。

頭上は夜という名の藍色に染まり始めて、今日という日が容赦なく終わっていく。

もう、終わってしまう。

ポツポツと街灯が灯り始めた薄闇《うすやみ》の世界で、あたしは、座り込んだまま涙を流していた。

「本当はどうしたいの？」

どんなに悩んでも、どんなに夜が暗くても長くても、時間が経てばきっちり朝日は昇ってしまう。明るくなった自分の部屋のベッドの上で、モゾモゾと寝返りを打ちながら、あたしは深いため息をついた。

ああ、学校休みたいって思うの、これで何度目かな？

ここんとこ、いろんな不幸が一気にドッと押し寄せてきて、さすがに心が限界《げんかい》な気がする。寝不足のせいか体に力が入らないし、頭がボーッとして、思考能力が停止している感じだ。

『雄太の心は田中さんに奪われてしまった』

昨日からその事実が、ずっと頭の中に鳴り響いて、まるで壊れた音響《おんきょう》機器みたい。手を繋ぐふたりの姿が、コルクボードにピンで留められた写真のように心に突き刺さって、消えてくれない。

胸が張り裂けそうに痛いから忘れて楽になりたいのに、人間って、忘れたいほどつらくて苦しい出来事ほど忘れられないものなんだ。

まるで深くて暗い海の底に囚《とら》われている気分。当たり前に息ができて心臓が動いていることが、不思議だ。

あたしは弾みをつけてベッドから起き上がり、学校へ行くための準備を始めた。

本音を言えば学校なんか行きたくない。雄太にも田中さんにも会いたくないもの。

でも学校へ行けば海莉に会える。

海莉には昨日の夜、電話で話をぜんぶ聞いてもらった。

あの出来事を言葉にするだけで息が苦しくなって、まるで発作《ほっさ》みたいにしゃくり上げながらしゃべっていたから、ずいぶん聞き取りにくかったと思う。

海莉もひどくショックを受けていたようだった。

とにかく、『朝のホームルームが始まる前に中庭で会おう』と約束をして電話を切ったから、あたしを待ってくれているはず。

海莉にこの気持ちを聞いてもらえることだけが、慰めだ。

いつもより早めに学校に着いて中庭へ行ったら、もう海莉が来ていてあたしを待ってくれていた。

「瑞樹！」

海莉がすっ飛んできて、あたしに抱きつく。背中にギュッと回った両腕の力と、ふわりと香ったシャンプーの匂いに、少しだけ心がホッとする。

海莉の肩に顔をうずめて、あたしは、声を殺して泣いた。

「ねえ、もう一度聞くけど、瑞樹の見間違いってことはない？　甲斐くんに似た別の人だったんじゃないの？」

海莉が疑わしそうに言ったけれど、あたしは首を横に振った。

「ううん。あたしが雄太を見間違えるはずないもん」

「……だよね。そもそも甲斐くんレベルのイケメンが、そこらへんにゴロゴロいるわけないし」

海莉は深いため息をついて、「ああ、もう！」と頭を抱えた。

「瑞樹から電話もらってから、あたしも頭の中グチャゴチャ。甲斐くんのバカヤローとか、田中許すまじ！とか、怒りのホルモンが鎮《しず》まんないよ」

「でもね、考えてみればそんなふうにふたりを責める権利、誰にもないんだよね」

あたしが静かにそう言うと海莉は目をむいて大声を出す。

「あるよ！　甲斐くんが瑞樹に告白したのはついこの前じゃん！　なのになんなの、その変わり身の早さは。あたし正直言って甲斐くんのことちょっと見損《そこ》なった！」

「でも可能性を潰したのは、あたしだから」

あのときあたしの目の前には雄太と恋人になる選択と、ならない選択があって。

ならない方を選んだのは、ほかの誰でもないあたし自身だ。

あたしにふられた雄太が、いつまでもあたしを思い続けなきゃならない理由はない。フリーの雄太はいつでも、誰とでも付き合う権利が当然あるんだ。

あたしにできることは、黙ってそれを受け入れて見守るだけ。

これがあたしの選んだことの結果だ。

だからあたしはこれからも雄太の隣で、あたし以外の誰かを好きになる雄太を、ずっとずっと見守って……。

「あ、ダメだ。考えただけでまた涙が出てきた」

喉の奥から変な声が出て唇が歪んで、あたしは急いで両手で顔を覆った。

大きく吸い込んだ息のぜんぶが泣き声になって吐きだされて、同時に涙が勢いよく両目から噴きだしてくる。

「瑞樹、泣かないで」

「ごめ……。どうしても涙、止まんな……」

だって好きなんだもん。

つらいのに、苦しいのに、この気持ちだけはどうあっても変わらない。変われないの。

どうしようもないくらい好きなんだよ。

「どうするべきなのか、わかんない、よぉ……」

しゃくり上げて泣くあたしを、海莉は言葉もないままじっと見つめている。

唇をグッと噛みしめ、眉間《みけん》に深いシワを寄せて、両手を強く握りしめてずっと考え込んでいる。

しばらくの間、あたしのすすり泣く声だけが、ひと気のない中庭に響いた。

そして海莉が、急になにかを決意したようにピンと背筋を伸ばし、落ち着いた声で宣言する。

「決めた。あたし、今から関先輩に告白してくる」

……はい？

あたしは涙でビショ濡れの顔から手をはなし、キョトンと海莉を見た。

海莉、今、なんて？

「ということで、ちょっと行ってくるから」

そう言うなり大股で歩き始めた海莉の腕を、訳もわからないまま慌てて掴んで引っ張った。

「ちょ、海莉。え？　なに？　どういうこと？」

「だから、あたし今から関先輩に告白しにいくの」

「なんで⁉」

引っくり返った声を出すあたしに、海莉は妙に気合いの入った表情で堂々と答えた。

「告白するのに理由がいる？　あえて言うなら『関先輩が好きだから』だよ」

「そ、それは前から知ってるけど！　そういう問題じゃなくて、あえて問うなら『なぜ今この状況で⁉』なんだけど！」

完全に混乱しているあたしの肩に手を置き、海莉はあたしの顔を覗き込んだ。

「ねえ瑞樹。理由はともかく、あたしが先輩に告白するとしたら、それがうまくいくように願ってくれる気はある？」

「そ、それはもちろん応援するよ」

なにがなんだかぜんぜんわかんないけど、あたしはうなずいた。

そんなの決まってる。だって海莉は本当に関先輩のことが好きなんだから。

大事な親友の、ここ一番の大勝負だ。

神様にでも仏様にでも天にでも大地にでも、考えつく限りのすべてに、全力で願いを捧《ささ》げちゃうよ。

「本当にそう？　だって瑞樹の考えなら、たとえ告白がうまくいってもあたしと関先輩は、いずれ別れちゃうんでしょ？」

「……！」

「それって、なんか矛盾《むじゅん》してない？」

「あ……」

言われて、まったくその通りだと思った。

よく考えてみれば、あたしはずっとそういう意味のことを言い続けていたんだ。

関先輩を真剣に想い、恋が叶うことを心から願い続けている海莉に向かって、『恋なんていつか必ず終わる』って、何度も何度も。

う、わ。あたし、我ながら最低……。

「ごめん海莉。あたし……」

「ううん。もちろん瑞樹の気持ち、ちゃんとわかってるから大丈夫だよ」

あたしの肩をポンポンと叩いて海莉は素直な笑顔を見せた。

「瑞樹の考えだって、現実的に考えて間違ってるわけじゃないと思うもん。でもね、それでもあたしやっぱり関先輩に告白したいと思うんだ」

そして瑞樹の真っ直ぐな目が、あたしの目を至近距離で覗き込む。

「瑞樹はいつも『どうするべきかわからない』って言ってるけど、どう『すべき』じゃなく、どう『したい』？」

「え？」

「どうしたいの？　どうありたいと願ってる？」

一点の曇《くも》りもない、まるで透き通ったレンズみたいな海莉の瞳に、あたしの目も心も釘付けになった。

どうすべきかじゃなくて、どうしたい？　どうありたい？

……あたしは雄太とずっと一緒にいたい。だから幼なじみのままでいるべきだと思っていた。

でもそれが本当に、あたしの望んでいたことなんだろうか？

雄太の隣で、泣きながら過ごす時間を望んでいるの？

あたし以外の誰かを好きな雄太の姿を見続けることが、あたしの子どもの頃からの本当の願いだった？

……違うよ。

こんな体がちぎれるほどの悲しい思いなんて、望んでいなかった。

あたしの心からの願いは……。

「あたしは、大人になったら雄太のお嫁さんになりたかった。フラワーガールとリングボーイをした日から、ずっと夢見ていた」

「だったらその夢、叶えなきゃ」

パッと花が咲くように微笑んだ海莉が、ごく当たり前の口調で言った。

「あたしの関先輩への気持ちはピッカピカの本物だよ。だからもし告白が成功して先輩と恋人同士になれたら、大人になってもずっと離れないで一緒にいる自信あるよ」

「…………」

「あー？　その顔は『そんな保証はどこにもない』って思ってるなあ？」

「そ、そんなこと！」

焦ってブルブル首を横に振るあたしを見て、海莉は明るく笑い飛ばした。

「いいよ、わかってる。超能力者《ちょうのうりょく》でもあるまいし、未来のことなんて本当は誰にもわかんないもんね」

「う、ん」

「でもね、瑞樹。未来は常に現在の進行形なんだよ」

いきなり英語の文法みたいなことを言いだした海莉に、ポカーンとする。

そんなあたしの目の前で、海莉は腰にグッと手を当て、力強く両足を踏ん張った。

「今の先に未来があるんだから、その〝今〟を一番大事にするんだよ！　今が幸せじゃなかったら、その延長線上にある未来にだって、幸せなんか存在するはずもないじゃん！」

「あ……」

「瑞樹は今、甲斐くんのことが好きなんだよね？　今一番大事なのはその気持ちなんじゃないの？　瑞樹にとってそれ以上に大事なものってある？」

海莉は腰に当てた手をあたしに向かって真っ直ぐ伸ばし、人さし指を胸にビッと押し当てる。

あたしはその指先を一心に見つめながら、思った。

いつかの未来、かけがえのない大切なものが壊れて、失ってしまうかもしれない。

失うくらいなら、大切なものを手に入れる危険なんておかさない。

それで間違いはないと思ったし、自分がやるべきことだと思った。

でもあたしの考えは、もしかして根っこから間違っていたんだろうか？

ううん。正しいか間違いかなんて判断はよくわからない。

けれど少なくとも、あたしが本当に望んでいたことじゃない。

「あたしは関先輩との未来がほしいから、今、告白しにいくよ！　そして望む未来を勝ち取ってみせるよ！」

あたしの胸からはなした手をグッと握りしめ、海莉は自分の胸をドンッと叩いた。

「で、もちろん応援してくれるんだよね？　瑞樹？」

小首を傾げてそう聞いてくる、かけがえのない大切な親友。

いつもあたしを見守って、キラキラの笑顔で励ましてくれる海莉。

その海莉が心から望むことなら、答えはひとつしかない。

「……うん」

あたしは頬に残った涙をゴシゴシ拭いて、うなずいた。

海莉の笑顔が見たい。恋に破れて泣く海莉より、恋が叶って幸せそうに笑う海莉がいいに決まってる。

『どうせ将来、うまくいかなくなって別れるんだから』

そんな言葉を海莉には言いたくない。

海莉自身がそんな言葉も、そんな未来も望んでいないから。

だったら、今のあたしがしたいことは、ひとつだ。

「よかったら、告白現場まであたしもご一緒しますけど？」

同行を申しでると、海莉が元気に右手を上げた。

「ぜひお願いしまーす。途中であたしが怖気《おじけ》づいて逃げだしそうになったら、ほっぺた思い切り引っ叩《ぱた》いてちょうだい！」

「了解！　全力でいくから任せて！」

あたしたちは声を上げて笑い、それからしっかりと手を繋いで中庭から歩きだした。

早くしないと予鈴が鳴っちゃう。

急ぎ足で三年生の教室に向かいながら、海莉と頭を寄せあって作戦を立てた。

「どんなシチュエーションで告白するつもりなの？」

「わかんないけどインパクトは大事だよね。関先輩ってストレートな性格だから、ハートにズドンと直球を投げるような感じがいいかなって」

関先輩のクラスの前に到着して、ドアの陰からそっと中を覗く。

窓際の席で、数人のクラスメイトと楽しそうに話している先輩の姿を見つけて、慌てて顔を引っ込めた。

うわー。な、なんだかあたしまで緊張してきた！

「ほら海莉、見て。あたしの手汗《てあせ》がすごいことになってる」

「瑞樹が告白するわけじゃないんだから」

「そうだけど、こういうの初めてなんだもん」

「あたしだって自慢じゃないけど初めてだよ。瑞樹にそんなに緊張されたらますますあたしも緊張するから落ち着いて」

そ、そうだよね。海莉の言う通り。

さて、教室まで来たはいいけど、これからどうしよう？

「海莉がこっそり先輩を呼びだして、ひと気のない場所に……え？」

話の途中でいきなり海莉が教室の中に飛び込んで、ペコリと頭を下げながら「おはようございます！」と大声で挨拶をしたものだから、あたしは目を丸くした。

海莉ぃ!?　なにやってるの!?

「二年二組の高木海莉です！　朝早くからすみませんが、大好きな関先輩に告白しに来ましたあ！」

――シーン。

いきなり名指しされた関先輩は『……は？』って顔して硬直《こうちょく》してるし、静まり返った教室中の視線が海莉に一極集中している。

あたしも口をパカリと開いたまま、今にも腰を抜かしそうだった。

た、たしかにこれは、インパクト強い。ものすごい直球だとも思う。

でも……直球の勢いが強すぎて、先輩のハート直撃どころか、粉砕《ふんさい》一歩手前になってる気がするんですけど……。

「関先輩！　私は一年生の頃からずっと先輩のことを……！」

「わー⁉　ちょ、ちょっと待ってくれちょっと！」

無謀にもその場で告白タイムに突入した海莉に向かって、真っ赤な顔をした関先輩が突進する。そして「こっち来て！」と叫びながら海莉の手首を掴み、そのまま教室から飛びだして、廊下を駆けだした。

目の前を走り去るふたりの姿を呆気にとられて見送ってから、我に返ったあたしも急いであとを追う。

待って！　この場にあたしひとりで置き去りにされても困るよ！

階段を駆け下り、キョロキョロしながら生徒玄関の方へ小走りに進んでいくと、急に前方から声が聞こえて慌てて立ち止まった。

「あたしは関先輩のこと、一年生の頃からずっと好きでした」

海莉の声だ！　わ、知らないうちにこんなに接近してたんだ。

とっさに下駄箱の陰にピタリと体をくっつけて、気づかれないように息をひそめた。

盗み聞きしてるみたいで申し訳ないけれど、ここで身動きしたらバレちゃう。

この決定的な瞬間を邪魔するわけにはいかないよ！

「本当に好きなんです。だから、よければあたしと付き合ってください」

海莉らしい、とても素直でハキハキした告白だった。

でもさすがに声が微妙に震えてる。どれほど緊張しているのか伝わってきて、あたしの心臓も破裂しそうだった。

海莉、頑張れ！

関先輩、どうかお願い。海莉の純粋な気持ちを受け取ってあげてください！

「えっと、俺？　俺なの？　つまりキミが俺を好きってことなの？」

関先輩の困惑《こんわく》した声が聞こえてきて、あたしは心の中で即答した。

そうですよ先輩！　ずっとあなたのことが好きだったんです！

いや、あたしじゃなくて海莉がですけど。

「好きって……もしかしてそれは、生徒会長として俺を尊敬してくれてるって意味の好き？」

違いますよ！

思わずグッと拳を握りながら、あたしは心の中で先輩につっこんだ。

何度も言ってるじゃないですか！　海莉はあなたを異性として好きなんですよ！

「あの、もちろん尊敬もしてますけど、あたしは関先輩に恋してるんです」

どうやら自分への好意に対して半信半疑らしい先輩に、海莉が恥ずかしそうな声で答える。

するとと先輩は、本気で不思議そうに聞き返した。

「え？　なんで？」

おい！　あたしは握った拳で今にも下駄箱の板に正拳《せいけん》突きをしそうになりながら、盛大に心の中でつっこんだ。

なんで?じゃないですよ！　恋に理由なんかないですよ！　いちいち理由探しながら人を好きになる人間なんていないでしょ！

ああもう、本当にこの人は！

このポイントのズレかげんが実に関先輩らしいんだけど、頼むから今は、ちょっとその天然さを控えてほしい！

「先輩は立派です。成績だっていつもトップクラスじゃないですか」

先輩の天然発言に動揺した様子もなくはっきりと答える海莉に、先輩も淡々とした声で謙遜《けんそん》する。

「だって俺、そんな頭よくないから。人の倍勉強してるんだから成績いいのは当たり前だよ」

「そういう努力家で、偉ぶったところがひとつもないのも素敵です」

「いや、キミの友だちの甲斐みたいなヤツの方がよっぽどカッコいいよ？　あいつはマジですごいヤツなんだよ」

「そうやって、自分以外の人間を心から認めてほめるところも好きなんです」

海莉の素直な声が、その性格のままに先輩への気持ちを告げる。

聞いているこっちの胸がほんわりと温かくなるような、優しい思いが込められている言葉だった。

「だからどうかお願いです。あたしと付き合ってください」

それからしばらく、沈黙が流れた。

ふたりの顔が見られないから、音が聞こえなくなるとお手上げだ。

どんな状況なのかぜんぜんわかんない。この静けさが不安だよ。

お願い先輩。黙ってないで海莉になんとか言ってあげてよ。

「キミの気持ちはわかったよ。まずはお礼を言わせて。ありがとう」

ようやく先輩が沈黙を破って、あたしはホッと息をついた。

なんとかこのまま、ふたりがうまくいきますように！

「でも、お付き合いっていうのはどうかなと思う。俺はキミのこと、あんまり知らないし」

ホッとしたとたんにそんな声が聞こえてきて、顔からサッと血の気が引いた。

そんな！　まさかのお断り!?

そりゃ先輩は、よく知らない女の子からの告白に、簡単に『いいよー』なんてオーケーするような軽い人じゃないとは思うけど。

それでも海莉は、そんな軽い気持ちで告白してるわけじゃないんです！

「でも先輩。知らないから、知るためにお付き合いするのもありだと思います」

オロオロしているあたしと違って、海莉は簡単には引き下がらなかった。

しっかり食い下がる海莉に、先輩の慎重な声が応じる。

「たしかにそうだけど、俺は今年受験生だから忙しくなるよ？　ふたりで会う時間はあんまり取れないと思う」

「はい。それはわかってます」

「それにウチ、母親いないから。俺が家事しないとダメだからますます時間ないし」

え？　そうだったの？　知らなかった。

初めて知った事実に目をパチパチさせていると、海莉があっさり答える。

「それも知ってます。ぜんぶ承知の上です」

海莉、先輩にお母さんがいないの知ってたんだ。

たしかに先輩の言った通り、お付き合いをスタートするには、いろいろ好条件《こうじょうけん》とは言えない状況みたい。

どうしよう。もしかして本当に、このまま告白はダメになっちゃうの……？

「大丈夫です。今までだって毎日会えていたわけじゃないけど、あたしはずっと毎日先輩のこと好きでしたから」

あたしの心配を吹き飛ばすような、カラリと明るい海莉の声が聞こえる。

「よかったら家事だってお手伝いします。料理は得意じゃないけど、体力には自信があります。あ、じゃあさっそく今日から掃除洗濯しにいきますね！」

「いやいやいや！　それはいいよ！　いきなり俺のパンツとか洗わせらんないし！」

「パンツくらいドンと来いです！　あたし、先輩と一緒にいられるなら怖いものなんてなにもないですから！」

「や、べつに俺のパンツは怖くないけど」

海莉と先輩の弾けるような笑い声が響いて、穏やかな雰囲気があたりに広がった。

……海莉はすごい。

先輩の性格が慎重なことも、状況がいろいろ大変なことも知ってたんだ。

なら断られる可能性が高いことも、ちゃんと理解してたはずだ。

なのにあたしと違って諦めなかった。

どうせ告白したって断られるだろう、とか。もし付き合えたとしても続かないかもしれない、とか。

そんなことよりも、もっと先のことを考えていた。

自分の望む未来を叶えるために、どうすればいいかを考えて、ちゃんと行動に移したんだ。

それは簡単に見えて、ぜんぜん簡単じゃない。すごく勇気のいることだよ。

『きっとダメだろう』じゃなく、ダメにしないための道を探して前に進もうとする意志は、強さと勇気がなければ生まれてこない。

その両方を持っているあたしの親友は、やっぱりすごい。さすがは海莉だ！

ねえ関先輩、どうです？　海莉は本当に最高の女の子でしょう⁉

「いきなりお付き合いってわけにはいかないけど、まずはお友だちからってことでどうかな？」

先輩の声が、これまでよりもずいぶん親し気で柔らかい雰囲気になっている。

そしてすぐさま海莉が答えた。

「はい！　喜んで‼」

やったー！

思わず跳ね上がりそうになりながら、あたしは小さなバンザイを繰り返した。

きっと海莉は今、満開のヒマワリ畑みたいなあの笑顔で笑ってる。

見えなくたって、あたしにはわかるよ！

海莉がどんなに喜んでいるか、胸がジンジン熱くなるくらい伝わってくる。

『お友だちから始めよう』

それは最初の一歩だ。海莉が望む未来へ続く第一歩。

たしかに海莉は自分の意思と勇気で、幸せな未来へ向かって踏みだしたんだ。

よかった……。よかったね、海莉！　あたしもうれしくて泣きそうだよ！

「じゃ、そろそろ教室に戻ろうか。もう予鈴が鳴るだろうし」

「はい」

目尻の涙を拭いていたら、ふたりがこっちに来る気配がして、あたしはバレないように下駄箱の裏にそっと回り込んで反対側へ移動した。

そしてこっそりと下駄箱の陰から顔を出し、海莉と先輩の後ろ姿をホクホクしながら見送る。肩を並べたふたりの距離がすごく近く感じられて、またまた胸がジーンとして目頭が熱くなっちゃった。

もう、言葉にならないくらい感動だよ。恋ってなんて素敵なんだろう！

予鈴が鳴り響いて、関先輩が海莉の肩をポンと叩き、それを合図にふたりが同時に走りだした。

遠ざかるその姿に重なるチャイムの音が、昔聞いた教会の鐘の音のように思える。

あたしは熱く波打つ胸を両手で強く押さえながら、ふたりの背中が見えなくなるまで、じっと見つめ続けていた。

想う人は、あなただけ

次の朝、登校したあたしは自分の机の上にリュックを置いてすぐ、一階の来賓《らいひん》専用の玄関へ向かった。今日はあたしが、ここに花を飾る美化委員の仕事の当番だからだ。こういった美的センスが必要な作業って、正直言ってあたしにはあんまり向いてないと思うんだけど、これも順番だから仕方ない。

来賓専用玄関は、生徒玄関や職員玄関から結構離れた場所にあって、とくに用のある人以外は誰も来ない。

朝の登校風景の騒々しさとは切り離された静けさが、ちょっと気持ちよかった。

玄関に着くと、いつも通り事務局の人が、新聞紙に包まれた新しい花束と花バサミを下駄箱の上に用意してくれている。

あたしはすぐ近くの水飲み場で古い花を捨てて、花瓶《かびん》に水を入れて玄関に戻り、さっそく新しい花を飾り始めた。

まず黄色いヒマワリを手に取ったら、昨日の海莉の出来事を思い出して、心がふんわり温かくなる。

あれから海莉、ずーっと幸せそうな顔してたなあ。

関先輩にやっと告白できたことがうれしいって、一日中ニコニコしてた。

そういう幸せな気持ちって、周りにも伝染《でんせん》するんだね。

おかげで雄太と田中さんの件でドン底だった気持ちが、今は少し薄らいでいる。

もちろん、ものすごくショックを受けた事実はなにも変わっていないけど。

…………花瓶に花を挿《さ》していきながら、ついまた考え込んでしまった。

雄太は田中さんの手を握っていた。

普通に考えて、いくら友だちとはいえ、男の子がなんの意味もなく女の子の手を握るってことはないと思う。

異性と手を繋ぐのは特別な行為。

つまり雄太にとって田中さんは、特別な存在だってことだ。

認めたくないけれどそれが事実。そう自分に言い聞かせるたびに胸がかきむしられるみたいに痛んで、ギュッと目を閉じた。

あたし、こんなに田中さんに嫉妬してる。

嫉妬で胸が焼け焦げそうになるくらい、雄太のことが好きなんだ。

あたしと雄太はお互いに好きあっていたはずなのに、どうしてこんなにすれ違っちゃったんだろう。

『俺を信じろ、瑞樹』

あのとき、体育館で雄太が言ってくれた言葉を、なにも考えずに受け入れればよかったのかな？

今さらこんなこと考えたってもう遅いのかな？

だって雄太の立場からすれば、あたしに真剣に告白して二度も断られて、しかも公衆の面前で恥までかかされたんだよ？

せっかく新しい恋に踏みだした矢先に、あたしから『本当は好きです』なんて逆告白されても、どうする？

完全な三角関係に突入だよ。最悪のドロ沼パターンだ。

海莉に相談したら、『どうするかは甲斐くんが決めることだから、そこは瑞樹が考えることじゃない』って言われたけど。

だからと言って、『うん、そうだね。じゃあちょっくら告白してきます』とは、いかないよ。

海莉のおかげで、ネガティブ思考まっしぐらな気持ちからは少し目覚めることができたけど、いざとなるとやっぱり足踏みしちゃう。

告白して断られるシーンがリアルに思い浮かぶし、嫌われたらどうしようとか、もしかしたらすでに嫌われているのかも、とかモヤモヤが尽きない。

なによりあたし自身が、まだふたりの未来に自信も確信も持てないんだもの。

もともとあたし、こういうグダグダな性格だし。

生まれついての行動パターンはなかなか手強いんだ。

小さな頃から雄太と一緒に過ごした大切な思い出が、次々と脳裏に浮かんでは、シャボン玉みたいに儚く消えていく。

もうあの日々も、あたしの夢も、二度と戻らないのかな?

大好きな雄太……。

「瑞樹」

心の声に答えたみたいに雄太の声が後ろから聞こえてきて、あたしは軽く跳ね上がりながら勢いよく振り返った。

「雄太!　い、いつからそこにいたの⁉」

「今。なにそんなに動揺してんだよ」

夏用の制服姿の雄太が、いつの間にかすぐ後ろに立っている。

考えに没頭《ぼっとう》していて気配に気がつかなかった。

ついさっきまで雄太のことばかり考えていたから、本人の顔を見るのがなんだか恥ずかしい。気まずくて目を逸らしたら、真っ白な半袖《はんそで》シャツから伸びる日焼けした腕の筋肉が見えて、その男らしさに胸がドキドキ高鳴った。

こんな感情がまた恥ずかしくて、あたしはわざと素っ気ない口調になる。

「来賓用玄関に用でもあるの？」

「今朝は瑞樹の当番だって覚えてたから、ここに来たんだ」

ときめきとは違う意味で胸がドクンとざわめいた。

それ、あたしに会いにきたってことだよね？

雄太がわざわざ会いにくる理由なんて、ひとつしか思い当たらない。

田中さんのこと？　彼女と付き合うことになったから、もうあたしのことはいいって言いにきたの？

あたしついに決定打を受けちゃうの？　いきなりジ・エンド？

「なあ、瑞樹」

体がビクリと震えて、歯を食いしばりながらうつむいた。

怖い。この場から全力で逃げだしたいのに、足が凍《こお》りついたみたいに動かない。

やめて雄太。なにも言わないで。

あたしまだ心の準備ができてないの。

「瑞樹、お前……」

耳をふさぎたいのに体が固まって動かない。

心臓がドクドク動くたびに息が速まって、どんどん悲しみが高まる。

忙しく瞬きを繰り返す目に、雄太の足もとがにじんで見えた。

嫌だ。泣きたくなんかないのに。

ねえ、雄太。お願いだからもう少しだけ待って。もう少しだけでいいから、あたしに猶予《ゆうよ》をちょうだい！

「ゆ、雄太。もう少しだけ待って」

下を向きながら小さな声を振り絞って頼むと、雄太がきっぱり答えた。

「待っていられない。いいから早くそこどけ」

「……へ？」

どけって、なにが？

意味がわからなくて顔を上げたら、呆《あき》れ顔をした雄太が大きな息をついている。

「そんなもん、恥ずかしくてとてもじゃないけど見せらんねえよ」

「見せるってなにを？　誰に？」

「だから！　お前が飾ったその花を、来賓にだよ！」

雄太が伸ばした指の先には、あたしが飾り終えたばかりのお花が。

「お前さ、来賓に嫌がらせするつもりか？　よりによって一番目立つ玄関にその物体を飾るとかマジ勘弁してくれ。うちの学校の評判に関わるレベルだから！」

花と雄太を交互に見ているうちに、あたしの顔がカーッと赤くなった。

あ、あたしが心を込めて飾った花に、なんか文句があるわけ⁉

これでも自分的には会心のできばえなのに、全力でバカにされた！

「なにさ！　べつに嫌がらせなんかしてないもん！」

「じゃ、笑いをとるつもりか？」

「ウケも狙ってませんから！」

「嫌がらせでもウケ狙いでもないんなら、頼むからどいてくれ。俺がちゃんとやり直す。……来てよかったよ本当に」

しみじみとそう言って、雄太は花瓶からぜんぶ花を引っこ抜いて飾り直し始めた。

ちょっと！　そりゃ自分でもセンスがないのは多少自覚してるけど、なにも一本残らずやり直す必要なくない⁉

「おい瑞樹、そのデルフィニウムを一本取ってくれ」

「で、でる？　どれよそれ？」

「その青い花。せっかくヒマワリの黄色があるんだから、近くに青色を挿してお互いを引き立たせろよ」

「はあ」

「それとグリーンはもっとバランスを考えて周りに散らせ。伸び放題の雑草《ざっそう》じゃないんだから」

テキパキと動く手が、きれいなアレンジを作り上げていく。

うまいなあ。雄太ってほんと、なんでも器用にこなしてすごいや。

素直に感心しながら、あたしは指示された通りに雄太に花を手渡していた。

「瑞樹」

「ん？　次はどの花？」

「最近お前、俺のこと露骨《ろこつ》に避けてるだろ」

ドクンと騒いだ心臓から、全身に動揺が走る。不意打ちの言葉に身構えるヒマも、返す言葉もない。ふたりの間に漂う気まずい空気が、雄太の言った言葉を認めていた。

「ま、理由はなんとなく見当つくけどな。言っとくけどそれはお前の勘違いだ」

花を飾る手を止めようともせずに淡々と言う雄太に、あたしの心が反発した。

雄太と田中さんのことが、あたしの勘違い？

「なにそれ」

「言葉のままだよ。お前は俺と田中さんの仲を勘違いしてる」

「嘘。あたしちゃんと知ってるんだよ？」

思わずそう口走っていた。

認めたくない事実を認めることは、すごくつらい。

でも信頼してる人から嘘をつかれるのは、もっとつらいんだ。

嘘も偽物《にせもの》もいらない。あたしがほしいのは本物だけだ。

「あたしのためのつもりの嘘なら、そんなの優しさでもなんでもないよ」

「嘘じゃない。俺と田中さんは本当にただの先輩と後輩だよ」

「だから、あたしもう知ってるんだってば！　この前、ふたりが手を繋いで横断歩道を歩いているのを見たんだから！」

カッとなって叫んだ声に反応した雄太が、手を止めてチラッとこっちを見た。

その目にほんの少しだけ動揺の色が見える。けどすぐに雄太はまた花を飾り始めながら言い切った。

「それでも俺と田中さんはなんでもない」

「まだそんなこと言っ……！」

「田中さん、来月になったら県外に引っ越すそうだ」

いきなり予想外の話をされて、目が点になった。

え、引っ越す？　田中さんが？

「それで最後の思い出作りをさせてくれって頼まれたんだよ。一度でいいから一緒に下校したい。手を繋ぎたいって」

黙って雄太を見つめているあたしに、雄太は落ち着いた声で話し続ける。

そして花を飾り終えて、ふうっと息をついて目を伏せた。

「正直言って、彼女でもない子とそういうことをするのは抵抗《ていこう》があった。だから最初は断ったけど、一生に一度の頼みだって泣きながら言われて、どうしてもつき放せなかったんだ」

そう言って雄太はこっちを向いて、あたしの目を真っ直ぐに見る。

「俺はお前に嘘は言わない。俺は田中さんのことは後輩としか思っていない」

堂々と宣言する雄太の目を、あたしはポカンと眺めていた。

なんだか、心のどこかでプシュッとガスが抜けた音が聞こえた気がする。

あたしはモゴモゴと口ごもりながら雄太に聞き返した。

「そ、それ、本当なの？」

「本当だ。俺を信じろ、瑞樹」

あたしは大きく両目を見開き、ひたすら雄太の顔をまじまじと見つめながら、今の言葉を頭の中で繰り返した。

しばらくして、全身からスーッと力が抜けていく。

驚きとか、安堵《あんど》とかがゴッチャになった感情が、細胞の隅々から根こそぎ絞りだされていく気分だ。

あの顔を見ればわかる。雄太は本当のことを言ってる。

雄太と田中さんは恋人同士じゃなかったんだ！

「ああ……」

思わず口からそんな声が出て、感情が高ぶったあたしは両目をギュッとつぶった。

ああ、よかった！

もう本当に、素直によかったって感情しかない！

神様、仏様、ご先祖様！　とにかくみんな、ありがとう！

「嘘じゃないけど、お前を不安にさせたことはちゃんと謝る。ごめんな」

風船みたいに体が軽くなっていく感覚をしみじみと味わっていたら、そんなことを言われて我に返った。

えっと、なんか、この場の流れで謝られちゃったけど。

雄太になんて答えればいいんだろう。

『いいんだよ、気にしないで』って？

それってあたしの立場で言っていい言葉なのかな？

だってあたしは雄太の彼女じゃないのに。

本当だったら雄太があたしに田中さんのことを説明する義理も、謝る筋合いもないんだよね。

頭の中でそんなことをゴチャゴチャと悩んでいたら、雄太が両手であたしの頬をそっと包み込んだ。

「泣いたんだろ？　本当にごめん」

ドキンと心臓が弾けて、頭からゴチャゴチャもなにもぜんぶ吹っ飛んでいく。

全身の神経が両頬に集中して、びっくりして大きく吸い込んだ息が、胸をパンパンに膨らませた。

「もう二度とこんなことで泣かさないって誓う。俺が好きなのはお前だけだよ」

切なくて甘い感情がキュンと駆け抜けた。

少しだけ固い感触の手のひらが、慰めるみたいに頬をゆっくりなでる。

あのとき枯れるほど流した涙を、丁寧に拭いてくれているみたいだ。

宝物に触れるみたいに優しくされて、うれしさに心が震える。

「何度でも言う。俺はお前を諦めない。だってお前しか好きになれないんだ」

雄太の体温と重なった両頬が熱くて、燃えるよう。

あたしを見つめる黒い瞳の魅力的な輝きから、どうしても目が離せない。

まるで優しい呪文《じゅもん》をかけられたみたいに、指一本も動かせないよ。

この世界には、あたしたちしかいないみたいだ。

もしかしたら今が、気持ちを伝えるチャンスなのかも？

でもやっぱりいざとなると、怖い……。

「雄太の気持ち、すごくうれしい。でもうまく言えないけど、なにもかも不安で自信がないの。自分のことも」

雄太が、あたしの目を覗き込むように聞き返してきた。

「自分のことも不安？　どういう意味？」

あたしはなんとか気持ちが伝わるように、精いっぱい言葉を選びながら答える。

「だって、自分を信じる根拠《こんきょ》を失っちゃったから。だから両親に聞かなきゃならないことがあるの。でも聞いてもたぶん返ってくる言葉は……」

そこまで言ってあたしは言葉を止めた。

だめだ。これじゃ説明にもなんにもなってない。不安や悩みが大きすぎて手に余って、自分でもちゃんと整理がついていないんだもの。

それをうまく人に伝えられるはずがない。

やっぱり雄太の言う通り、あたしって人に気持ちを伝えるのがへたっぴだな。

しょんぼりしていると、雄太の穏やかな声が聞こえた。

「お前がまだ答えを出せていないのはわかってる。今日はただ誤解を解きたかったんだ。お前に避けられるのは本当にキツくてさ」

そう言って雄太は、あたしの前髪をかき上げてオデコに軽くキスをした。

雄太の柔らかい唇を感じた瞬間、頭がボッと火照って爆発しそうになった。

「ハハ、お前、真っ赤でかわいい」

オデコの皮膚を通って、雄太の気持ちがあたしの中に流れ込んでくる。

あたしのことを好きでいてくれる、あったかい気持ち。

頭のてっぺんから足の先までとろけるようなしびれが走って、言葉にならない感情が体中に満ちて、今にも破裂しそうだ。

「じゃあ俺はもう教室に戻るよ。また休み時間に会いにいくから」

あたしの髪をなでてから、雄太が歩きだした。

のぼせた頭でその背中をポーッと眺めていたら、雄太が不意に振り返る。

「それ、ちゃんと後片付けしとけよ？　美化委員」

下駄箱の上に散らかった新聞紙と葉っぱを指さして、ウインク。

その威力に心臓を直撃されて息が止まった。

そんなあたしを見て、笑顔で立ち去る雄太の後ろ姿に見惚れながら、あたしは時間を忘れて立ちつくしていた。

やがて花瓶から漂ってくる花の香りに気がついて、ようやく我に返る。

「……ねえ雄太。本当にね、好きなんだよ」

もうとっくに姿の見えない人に、小さな声でそう伝えた。

幼なじみのままでいいなんて、もう思えない。

雄太のことが好き。この気持ちが一番大切だって認めるよ。

でも前に進むことがまだできないんだ。

いろんなことが不安で、決して壊れない本物と呼べるものがほしくて、でもどう探せばいいのかわかんなくて、空回りしている。

雄太のことがこんなに好きなのに……。

あたしは花瓶の中で生き生きと咲いている花にそっと触れながら、切ないため息をつくしかなかった。

あなたの気持ちを知っている

「それで、関先輩との初デートはどこに行くんだったっけ？」

『やだ瑞樹ってば！　デートなんかじゃないよ。友だちとして一緒に映画観にいくだけだってば！』

「その割に声がめちゃくちゃ弾んでますけどぉ？」

『んもー！　からかわないでよ！』

スマホ越しに聞こえる海莉の声が、ポップコーンみたいに軽やかに踊っている。

今日は海莉と関先輩が友だちとしての交際をスタートさせて、初めて迎えた週末。記念すべき初デートの日だ。

デートじゃないって海莉は言い張ってるけど、どんな服を着ていけばいいか、あんなに悩みまくってたくせに。

昨日は海莉の部屋であたしも一緒に二時間くらい、あーでもないこーでもないって大騒ぎしたんだ。

鉄板《てっぱん》のデニムの半袖シャツを、オフホワイトの裾《すそ》レーススカートにインしたかわいい姿で、海莉は今、先輩との待ち合わせ場所に立っているはず。

先輩を待っている間、少しでも緊張を和《やわ》らげようと、あたしと電話中なわけ。

「いくらなんでも、約束の時間の三十分以上も前に到着してるのは早すぎない？」

『だって絶対に遅刻《ちこく》したくないもん。できることなら昨日の夜から、ずっとここでスタンバッていたかったくらいだよ』

「グッズ発売日に並ぶオタクか、キミは」

『ああ、緊張するー！　ねえ、なに話せばいいと思う？　変なこと言って幻滅されたくないし』

「映画観るんだから、その感想を言えばいいでしょ？」

『無理！　だって先輩の隣に座るんだよ!?　映画の内容なんて、頭に入るわけないじゃん！』

「じゃあなんで映画にしたのよ？」

もう、あまりにも恋する乙女っぷりがかわいくて笑ってしまう。

やっぱりいいなあ。恋するって幸せなことなんだなあって、しみじみ思うよ。

『緊張するよー。不安だよー。心細いよー。瑞樹にそばにいてほしいよー』

「ごめんね。一緒に行けなくて」

実は海莉から、ダブルデートの提案をされていたんだ。

雄太とあたしも一緒に映画を観にいこうって。

たぶん海莉は、あたしたちの関係が好転するきっかけになればと誘ってくれたんだと思うけど、それはお断りした。

まだ複雑な状況のあたしたちが同行しても迷惑をかけちゃいそうだし。

なによりもせっかくの初デートは、ふたりきりの時間を大事にしてほしい。

『あ！　関先輩が来た！』

スマホから聞こえる海莉の声に、いちだんと緊張がみなぎった。

『やだ、瑞樹どうしよう！　本当に先輩が来ちゃった！』

「そりゃ来るよ。約束したんだから」

『うわー、うわー！　こっち来るー！　ねえ、あたし逃げてもいい⁉』

「ダメ！」

とにかく頑張れと心からのエールを送って、電話を終了した。

海莉ならきっと大丈夫。一生の思い出に残るような素敵な時間を過ごせるよ！

――トントン。

ドアをノックする音が聞こえて、勉強机に向かっていたあたしは「なに？」と返事をしながら、後ろを振り返った。

静かにドアが開いてお母さんが顔を出す。

「瑞樹、買い物頼まれてくれない？　お母さんちょっと用事ができちゃって」

「いいよ？　なに買ってくるの？」

「お好み焼き粉とホットケーキミックス。夕方までいいから」

「うん。わかった」

「よろしくね」

部屋に入って代金を手渡したお母さんが、すぐまた部屋から出ていく。

閉じられたドアを見ながら、あたしは小さく息を漏らした。最近は、前よりはお母さんと楽に会話できるようになった。息をするのも苦しかった家の空気も、重々しさが少しずつ薄れていってるような気がする。

でもやっぱりお母さんはあたしから目を逸らしがちだし、どことなくよどんだムードが漂っている。あたしの方も、相変わらず両親に対して聞きたいと思ってることを聞けないままでいるし。

それがあたしにとって、わだかまりになってる自覚はある。

でも、怖くて聞けない。

いつになったら、この家の空気もお母さんやお父さんとの関係も、もと通りになるのかな？

もしかしたら、もう二度と戻らないのかもしれないな……。

って、ダメダメ！　またネガティブ思考が顔を出してきた！

この性格、変えたいな。海莉みたいに明るくて強くて前向きな人間にならなきゃ。

頭をプルプル振って気分を切り替えながら、頼まれた買い物に行くことにした。

すぐそこまでだし着替えなくてもいいよね？

あたしは、グレーのロゴ入りクルーネックTシャツにジーパン姿で部屋を出た。

自転車で行こうと思ったけど、外に出てみたら天気がよくて、前髪をなでるそよ風がすごく気持ちいい。

せっかくだから歩いていくことにして、スーパーに向かって歩きだした。

見上げる空は梅雨《つゆ》の合間の青空で、最近続いた雨に洗われた空気のせいか、ふだんよりも日差しが透き通っている気がする。近所の塀越しに見える色とりどりの花や、家々の窓ガラスが光を弾いて、キラキラして見えて気分が上がった。

一番近くのスーパーで機嫌よく買い物をすませ、エコバッグに品物を詰めて、店を出る。

そして、大きな通りから静かな住宅街へ入ってすぐの角を曲がりかけた瞬間……。

「……！」

全身が硬直して頭の中が真っ白になった。

ほんの数メートル先に、紺《こん》色の襟がついたAラインのワンピースを着た田中さんだ立っていて、ビックリした顔でこっちを見ていたからだ。

なんで？ どうして？ と考える前に、体が勝手に動いていた。

とっさに回れ右してこの場から立ち去ろうとしたら、後ろから右腕をガシッと掴まれて、のけ反ってしまった。

「待ってください、橋元先輩」

なんで!? どうして!?

心の中で悲鳴を上げながら、あたしはまるで危険な生き物を見るみたいに、おそるおそる振り返った。

だって田中さんに関してはあまり、というかぜんぜん、楽しいシーンが思い浮かばないんだもの。

普通に気まずいよ。避けられるなら避けたい存在だ。

でも田中さんは、なんだか妙に真剣な顔であたしに訴《うった》えてきた。

「ちょうどよかった。ぜひ橋元先輩とお話がしたかったんです」

「え？」

田中さんに掴まれた腕を無意識に引っ張りながら、あたしは眉を八の字にした。

話したいってなにを？

あたしの方は田中さんのことを意識してるけど、田中さんからすれば、あたしなんか何の関係もないはずだよね？

　というか考えてみたら、彼女があたしの名前を知ってたことも、ちょっと意外。疑問が顔に出たのか、田中さんは何度かうなずきながら言葉を続ける。

「不思議に思うでしょうけど、本当に先輩に大事な話があるんです。ちょっとでいいから付き合ってください」

「……………」

「お願いします」

　ペコリと頭を下げて頼まれて、考え込んだ。

　ここで強引に腕を振り払って逃げだすのも、なんだか変な気がするし。

　それに彼女の話も気にかかる。いったいどういうことなんだろう。

「その話って時間かかるの？」

「いいえ。そんなに長い話じゃないです」

「それなら、少しだけなら」

「ありがとうございます！」

　ホッとしたように微笑んだ田中さんが、ようやく腕をはなしてくれて、こっちもホッとした。

「よかったらそこの喫茶店に入って話しませんか？」

「うん。いいけど」

あたしたちはすぐ近くの喫茶店に入って、隅の窓際のテーブル席に座った。

初めて入った喫茶店は、座席やインテリア家具を明るい色合いの木材で統一していて、とても落ち着きがある。窓際に置かれた観葉植物や、壁に飾られているレトロで大きな柱時計が、逆にモダンな印象を与えて雰囲気がいい。

そんなに混んでいなかったせいか、オーダーした飲み物もすぐに来た。

「いただきます」

「いただきます」

そう言ってお互いに飲み物をひと口飲んでから、あたしたちは黙り込んだ。

店内に流れる音楽が、この気まずい沈黙を少しだけ和らげてくれている。

話があると言うわりに、田中さんはなかなか話を切りだそうとしない。

本当になんの話なんだろう。見当もつかないや。

田中さんの思惑《おもわく》を探るように、あたしは向かいあう彼女の顔をそっと観察した。

キメの細かい色白な肌。素直に伸びた真っ黒な髪。目もとや唇にほんのりと載せた、淡い桜色のメイクがナチュラルでとても似合っている。

改めて近くで見ても、やっぱり大人っぽい子だなあ……。

ついジロジロと眺めていたら、田中さんに不思議そうな顔をされた。

「あの、なにか？」

「あ、ごめん！　なんでもない！」

あたしは慌てて下を向いた。

……この子は、雄太に堂々と告白した子。

あたしが好きな雄太のことを、この子も好きなんだ。

そう思うとやっぱりモヤモヤするし、張り合おうとする気持ちが勝手に湧いてきてしまう。

もっとかわいい服を着てくればよかった。なんでこんな普段着《ふだんぎ》なんかで来ちゃったんだろ。

心の中でブツブツと自分に文句を言いながら、目の前のテーブルの上に置かれたコーヒーカップを眺めた。カップの中の黒い液体を見ているうちに、なんだかちょっと落ち込んでくる。

あたし、なにやってんだろ。

コーヒーなんてふだんは飲みもしないくせに。

大人ぶって無理して、こんなのオーダーしちゃってさ。田中さんは普通にクリームソーダを頼んでるのに、あたしひとりで空回りしてない？

きれいに透き通ったグリーンの色と、真っ黒い液体を見比べたら、ますます情けない気分になった。

あたしはべつに、田中さんと張り合うためにここにいるんじゃないんだよね。

「ねえ田中さん。あたし買い物の途中だし、そろそろ話を……」

「あたし、橋元先輩に謝らなきゃならないんです」

こっちから話を切りだしたとたん、そんなことを言われて目が点になった。

謝るって、あたしに？　なにを？

「あたし、来月になったら県外に引っ越すんです。親が離婚したので母方の実家に行くことになりました」

さらに驚く話を聞かされて、つい田中さんの顔をまじまじと見入ってしまった。

離婚という単語が胸にズシンと重く響く。

知らなかった。まさか、この人の家族も壊れてしまっていたなんて。

「それでヤケになって甲斐先輩に告白したんです。どうせ転校するんだし、ふられたって恥かいたって、もうどうでもいいやって」

「………」

「それで、甲斐先輩にそのことを打ち明けたら、すごく心配してくれたんです。自分の大事な人も今ちょうど親の離婚問題で苦しんでいるから、他人事に思えないって言ってました」

大事な人？　それってあたしのことだろうか？

たぶん、そうなんだろう。きっと雄太は、あたしと田中さんの境遇《きょうぐう》を重ねたんだ。

「あの、失礼ですけど、甲斐先輩の言ってた大事な人って、もしかして橋元先輩のことじゃないですか？」

「あ……。うん、たぶん。うちの両親も離婚するから」

田中さんにストレートに聞かれて、おずおずとうなずいた。

あまり他人に言いたい話ではないけれど、同じ境遇の相手になら隠さずにいられる。

すると田中さんは「やっぱりそうだったんだ」とちょっぴり微笑んでから、話を続けた。

「あたしが橋元先輩に謝らなきゃならないのは、先輩のことを利用したからです」

「利用って、どういうこと？」

「同じ境遇に悩んでる人が橋元先輩だろうってことは、すぐ見当がつきました。だからあたし、甲斐先輩に一緒に下校したいとか、手を繋ぎたいとかって無理なお願いを頼めたんです」

「え？　どういう意味？」

田中さんはそこでいったん言葉を切り、フッと息をついて、覚悟《かくご》を決めたような表情で言った。

「甲斐先輩はきっとあたしに同情して、言うことを聞いてくれるだろうって計算が働いたんです。だって甲斐先輩は橋元先輩のことが好きだから」

思わず肩がピクリと反応したあたしを見て、田中さんは少し寂しそうに笑う。

「とっくに気づいてました。甲斐先輩のふだんの態度を見れば。だからあたしの気持ちは叶わないってことは、最初から知ってたんです」

ふだんの態度を見れば、すぐわかる。

たしか同じようなことを海莉も言ってた。雄太の態度からは、あたしへの好意がダダ漏れだって。

雄太のことをずっと見ていた田中さんも、それに気がついていたんだ。

だからこそ雄太の同情を引くように仕向けた。

雄太は、親の離婚問題であたしがどれほど傷つき、苦しんでいるかをよく知っている。あたしと同じ境遇の田中さんに泣きながら哀願《あいがん》されて、冷たくつき放す気には、どうしてもなれなかったんだろう。

雄太の優しい性格や、あたしへの好意まで計算して無理に頼み込んだ。彼女はそう言ってるんだ。

「最低ですよね。でも思っちゃったんです。あたしがなにをしたって、どうせ甲斐先輩が橋元先輩を好きな事実は変わらないんだし、ほんのちょっとくらい楽しい時間をもらってもいいでしょって」

田中さんの細い指が、ストローが入っていた包装紙《ほうそう》をクルクルといじる。その動きをじっと見つめる彼女の表情は、なんだか泣き笑いしているようだった。

「あたしはもう二度と甲斐先輩とは会えなくなるんだから、それくらいのワガママは許されるよね？って。……すごく勝手な言いぶんですよね。橋元先輩のこと利用して傷つけて、本当にごめんなさい」

「田中さん……」

「短い間だったけど充分幸せだったから、もうお終《しま》いにします。今後は甲斐先輩とはいっさい会いません。最後に橋元先輩にどうか謝罪させてください」

ペコリと頭を下げて、彼女は「本当にすみませんでした」とまた謝った。

そして頭を上げたあとはもうひと言もしゃべらず、ボンヤリした表情でクリームソーダをただ見つめている。

なんだか空洞みたいに虚ろな両目を見て、思った。

鏡に映った自分の顔を見てるみたい。

この子は、あたしと同じように、かけがえのない大切なものを失ってしまった。

そしてきっと、泣きながら心の底から願ったんだろう。

これ以上なにも失いたくないって。

でも一番失いたくない人の心は、最初から手に入らないことを知っていた。

そしてこの子は、もうすぐ遠くへ行ってしまうんだ。

ねえ？　幸せだったなんて言ってるけど、本当に？

叶わない願いだってこと、誰よりも自分が一番知っているのに。

手に入らないって思い知りながら、雄太の隣に立って。

手に入らないって思い知りながら、あのきれいな微笑みを見上げて。

手に入らないって思い知りながら、繋いだ手の温もりに心を熱くする。

そして『これで幸せなんだ』と自分自身に言い聞かせて、もう二度と好きな人とは会えない場所へ、あなたは行ってしまうというの……？

「グスッ」

「先輩？」

洟をすすりながら指先で目の下を拭うあたしを、田中さんがビックリして見てる。

自分でも、泣くなんて変だとは思う。

でもね、わかっちゃうんだよ。田中さんの気持ちが。

これまで、ずっと信じてたんだよね？

自分の大切な居場所も、かけがえのない人も、積み重ねてきた時間も、絶対になくならないって。

でも、ぜんぶ失った。

宝物だと信じて疑わなかったものたちは、ただの勘違いで、あっけないくらい簡単に空っぽになっちゃった。

だから最後に、自分の中に残った大切なものに、すがったんだ。

ずっと好きだった人に。

嘘でも、幻でもいい。幸せだった記憶の証になる思い出のカケラがほしかった。

なにもかも失って遠くへ行く前に、ほんの束《つか》の間だけ。

「わかって、るから」

グスグスとすすり上げる合間に、あたしは一生懸命になって彼女に訴えた。

あたしには、どうしてあげることもできない。

自分のことだって、どうにもならないままもてあましているのに。

ただ、あたしがわかってるってことだけは知っていてほしい。

あなたの気持ちは誰にも知られないまま、消えちゃうわけじゃないってこと。

あなたの真剣な悩み。

あなたの心の底の苦しみ。

あなたの小さな喜び。

あなたの精いっぱいの恋。

「知ってるから。あたしは、たしかに、知ってるから」

声を震わせながらそう繰り返すあたしを、田中さんはポカンと口を開けて見ている。やがて彼女の両目がじわりと赤くなって、みるみる涙が盛り上がった。

桜色の目尻《めじり》から、水晶《すいしょう》みたいに透明な涙がツーッとこぼれて、彼女の胸もとに落ちる。水晶はポロポロと流れ落ち、どんどん胸もとを濡らしていった。

「ありがと、ござ、ます……」

うつむいて涙を流しながら鼻の詰まった声を出す彼女に、あたしも似たような鼻声で答える。

「うん」

「引っ越しても、元気で、ね」

「はい。あたし、向こうに行っても頑張ります」

「頑張れると思います。素敵な思い出をもらったから。ちょっとずつ少しずつでも、きっと前を向けると思います」

「うん。うん」

本当は、そんな自信なんかないって知ってる。悲しくて、不安でいっぱいで、これから先どうなるんだろうってことばかりを考えてる。

でも田中さんはどうしたって、その不安でいっぱいの場所に行くしかないんだ。

だから『きっと大丈夫』って言葉を、懸命に自分に言い聞かせている。

それが彼女にできる精いっぱい。

わかるよ。その気持ち、わかってるよ。

何度もうなずくあたしの目からも、涙が幾粒《いくつぶ》も落ちた。

初めて入った喫茶店で、初めて話す者同士が、涙をボタボタ流しながら向かいあって座ってる。

しかもあたしたち、恋のライバル同士だよ？

笑っちゃうよね。でもふたり、切ない想いを共有してるんだ。

なんだか不思議だね。

とても不思議で、どうしようもなく悲しくて、それでもやっぱり慰められる。

胸の中にコッソリとうずくまっている、自分じゃどうにもならない苦しみを、柔らかい手でそっとなでてもらっている気がするんだ。

「橋元先輩も頑張ってください。きっと大丈夫ですよ。だって甲斐先輩がついてるんだから」

涙でビショ濡れの顔でニッコリ微笑みながら、そんな優しいことを言わないでよ。

ますます泣けて、どんな言葉を返せばいいのかわかんなくなる……。

赤ちゃんみたいに唇をへの字に曲げて、ひたすら頬の涙をこするあたしに、田中さ

ん は大きく洟をすすって肩をすくめてみせた。

「あたしの話が長くて先輩のコーヒー冷めちゃいましたね。ごめんなさい」

「いいよ。そんなの」

「コーヒーが飲めるなんて、先輩って大人だなあ。あたし苦手なんです。ミルクと砂糖をいっぱい入れて、どうにか飲める程度で」

「実はあたしも苦手なの。本当のこと言うとね、クリームソーダが一番好き」

「なあんだ。一緒ですね」

田中さんは笑顔で「よかったらひと口どうぞ」って、自分のクリームソーダを勧めてくれた。

あたしはお礼を言って素直に受け取り、ストローに口をつける。甘いメロンの香りがするグリーンの液体が、口の中でシュワッと弾けて、心地いい。

「やっぱりこれが一番おいしい」

「ですよね」

べつに無理して苦手なコーヒーなんか飲まなくてもいいや。

だってほかのことだって、あたしたちはいっぱい我慢してるんだもん。

好きなものを素直に好きって言うくらい、いいんだよ。

目の周りと鼻の頭を同じように赤くしながら、あたしたちは微笑みあった。

店内には、初めて聴くジャズっぽい軽快な曲が流れてる。

英語だから歌詞の意味はぜんぜんわかんないけど、唯一《ゆいいつ》なんとか聞き取れる部分は『スマイル・フォー・ミー』。

うん。それだけ伝われば充分だ。

だからせめて笑おう。あなたのために。

どうか元気でね。田中さん。

元気でね。頑張ってね。

頑張ろうね……。


田中さんと別れて、喫茶店を出たあたしは、そのまま真っ直ぐ家へ帰った。

足取りは軽くて、心の中はなんだか言葉にできない不思議な感情で満ちている。

切なさとか、共感とか、慰めとか。よくわかんないけどちょっと寂しくて、それでも温かいものが、自分の奥から静かに湧いてくるんだ。

田中さんと会えてよかった。話せてよかった。心からそう思う。

明日、雄太と会ってちゃんと話したいな。

この先あたしたちがどうすれば一番いいのか、まだ答えを決めかねているけど。

それでも、自分の気持ちをなにも伝えないままでいいとは思えない。

あたしも少しは田中さんや海莉を見習わなきゃ。

ちゃんと雄太と話したら、あたしたちの関係がいい方向に変わるかな。

なんだかちょっぴり未来に光が見えた気がする。

家に着いて、お母さんに買い物した品を手渡して、それから自分の部屋で休んでる間もずっと気持ちが明るい。

雄太に話すことを考えているうちに、あっという間に夕飯の時間になって、お母さんに呼ばれたあたしはダイニングに向かった。

なんだかお母さんとも、久しぶりに楽しく会話できそうな気がする。

でも、そんなふうに思っていたのも、束の間だった。

向かいあってご飯を食べているお母さんが、とても言いにくそうな表情でこんなことを言いだしたからだ。

「あのね瑞樹。明日お父さんがね、離婚届にハンコを押しに家に来るの……」

決して壊れない宝物

今朝のあたしの目覚めは、今日の空模様とまったく同じ。灰色のどんよりした雲が、見渡す限り空を覆って、今にもポツポツと水滴《すいてき》が落ちてきそうだ。

「はあっ」

深くて重いため息をつきながら、あたしは机に肘《ひじ》をついて両手で顔を覆った。

今日これからお父さんが家に来て、お母さんと離婚届にハンコを押す。

……本当に急だよ。急すぎる。

田中さんと話せたおかげで、せっかく雄太の件に関して心が軽くなっていたのに。

不意打ちで特大の岩石が頭の上に落ちてきた気分だ。

お母さんからすれば、『家にいたくないなら、一日どこかに外出していていいから』って、予防線を張ってくれたつもりなんだと思う。

でもなにも、わざわざ晩ご飯食べてるときに言わなくても。

おかげでそれからご飯がぜんぜん喉を通らなくて大変だった。

今もこうして、まるで死刑執行《しっこう》を待ってるような気分で、刻々とすぎる時間ばかりを気にしている。

つらいことを、ただ待ち続けて受け入れるしかないって残酷だ。

もうすぐお父さんが家に来る。そしてふたりで一枚の紙きれに署名して、ハンコを押して、それを役所に届けるだけ。

あたしたち家族が過ごした二十年間が、結局は失敗で、なんの意味もなかったってことが、そんな簡単な行為で証明されちゃうんだ。

考えれば考えるほど胸が重くなって、また深いため息が出た。

今日で家族が終わり、すべてが変わる。

べつに住む家が変わるわけじゃないし、昨日までだってお母さんとふたりだけの生活だったたし。

これからあたしの生活に、目に見える変化が起きるわけじゃないけど。

そういうことじゃなくて、もっと自分の中の根本的なことが変わってしまう気がするんだ。

漠然《ばくぜん》として捉《とら》えどころのない不安が、灰色の雲のように重くたれこめる。

雲の先がどんななのか、なにがあるのか見えなくてすごく怖い。

――ピンポーン。

不意に玄関チャイムが鳴り響いて、ビクッと全身が震えた。

きっとお父さんが来たんだ！
急に部屋の温度が下がったのかと思うほど、緊張のせいで体が冷える。
あたしは立ち上がることもできず、椅子に座ったまま無意味に背筋を伸ばした。
玄関の方から小さな話し声がするけれど、この距離じゃほとんど聞き取れない。
ドクドクする自分の鼓動の音が聞こえるだけだ。
どうしよう。あたし、べつに顔を出さなくてもいいんだよね？
それとも家族として同席するべきなの？
こういうときって、子どもはどんな態度をとるべきなのかわかんない。
田中さんはどうしていたのか聞いておけばよかっ……。
トントン。
「はい！」
いきなりドアをノックされて、心臓が破裂しそうになりながら勢いよく振り返った。
開いたドアの隙間から顔を出したお母さんに、つい身構える。
お母さんが呼びにきたってことは、あたしも同席しなきゃならないの？
……やっぱり嫌だ。だって、どんな顔して座ればいいのかわかんないよ！
「瑞樹、お父さんが来たわ」
「う、うん。でもお母さん、あたし……」

「一緒に雄太くんも来てるんだけど」

「へ？」

思ってもいなかったことを言われて、気負っていた全身からカクッと力が抜けた。

雄太が？　来てる？　お父さんと一緒に？

「なんで？」

「さあ？　お母さんもわからないんだけど、玄関先で偶然一緒になったみたい」

そう答えるお母さんも困惑《こんわく》顔だ。そりゃそうだろう。これから離婚届にハンコを押すってときに、雄太に来られても困る。

理由はわからないけど、たぶん雄太はあたしに会いにきたに違いない。

タイミング悪いな。とにかく今は、あたしの部屋に来てもらおう。

「わかった。じゃあ雄太をここに連れてきて」

「それが雄太くん、あたしたち全員に聞いてもらいたい話があるんですって」

「は？　話？」

またまた意味不明なことを聞かされて、あたしは目を丸くした。

全員に話って、雄太があたしのお父さんとお母さんになんの話があるの？

あ、もしかして離婚を思いとどまらせようとか？

いやでも普通、離婚届にハンコを押す日に、今さら家に乗り込んでくる？

説得するならするで、もっと前に来て話しているでしょ。賢《かしこ》い雄太らしくない。

お母さんも片手を頬に当てて首を傾げながら、本当に困った顔をしてる。

「今日は都合が悪いから後日に改めて来てちょうだいって雄太くんに頼んだら、どうしても今日じゃなきゃダメなんだって言って、帰ろうとしないのよ」

そんな聞きわけのない強情《ごうじょう》を張るなんて、ますます雄太らしくない。

「どういうことだろ？　さっぱり意味がわかんない」

「お母さんもわからないわ。でも雄太くんもうリビングにいるから、とにかく瑞樹も来なさい」

たしかにここでふたり揃って、わからないわからないを連発していても仕方がない。

あたしは頭上にハテナマークを何個も浮かばせた状態で、とにかくリビングへ向かった。


リビングに入ったら、L字型ソファーの端と端に別れてお父さんと雄太が座っていて、同時にこっちを向いた。

ものものしい雰囲気に気おくれして、あたしはその場に立ち止まる。

いったいなんだって言うの？　ただでさえゴタゴタしてるっていうのに、なにをするつもり？

入り口に立ったまま目で訴えるあたしに、雄太は手招きした。

「瑞樹、来たか。俺の隣に座れよ」

来たかって、ここはあんたの家じゃないでしょ。

状況が把握《はあく》できていないせいで少しイライラしつつ、あたしは言われるまま雄太の隣に移動した。

あたしがちゃんと座ったことを確認した雄太は、お父さんとお母さんが座っている方に体を向ける。

そして「おじさん、おばさん」と、改まった態度で話し始めた。

「おじさんたちが離婚すること、うちの両親から聞きました。大変なときに突然お邪魔してすみません」

頭を下げる雄太の姿を、ふたりとも黙って見つめている。当然あたしも、これから雄太がなにを言いだすのか、疑問に思いながら見守っていた。

「でも、だからこそ今がベストだと思ったんです。どうか聞いてください」

スッと頭を上げた雄太の表情は、とても落ち着いている。

そして、ごく当たり前の口調で、すごい発言をした。

「俺と瑞樹は、今日で幼なじみを卒業して恋人同士になりますから、許可してください」

「……は!?」

あたしは思わず声を上げて両目をむいた。

お父さんもお母さんも『え？　なに？』といった顔で、キョトンとしている。

な、なに言ってるの雄太？

今日で幼なじみを卒業？　あたしたちが恋人同士になる？

言葉の意味はわかるけど、意図がぜんぜんわかんない。

あっけにとられて大口を開けているあたしの前で、雄太は少しのためらいもなくスラスラ話し続けている。

「俺と瑞樹はずっとお互いが好きだったけれど、幼なじみの関係から前に踏みだせませんでした。でもようやく今日、恋人同士になる覚悟を決めたんです」

いや、あの、ちょっと？

前半部分はたしかにその通りだけど、後半部分に関しては、あたしとしては完全に初耳《はつみみ》だよ？

今後のことを話し合いたいと思ってたけど、まだなにも話せていない状態だよね？

なのになんで、ふたりの間ではすでに決定事項みたいに宣言してんの？　あたしの意思はどこよ？

ああもう、本当にわけがわからない。

うちの両親も雄太も、どいつもこいつも話が急すぎるでしょ！

「ねえ雄太、今うちがどういう状況かわかってるの？」

混乱してあれこれ考えてるうちに、なんだかちょっと腹が立ってきた。

責める口調のあたしとは逆に、雄太はどこまでもふだん通りの様子でうなずく。

「もちろんわかってる」

「わかってるなら、なんで今言うの⁉」

「これからずっとお前がつらいときや苦しいときに、俺がお前を支えるって証明するためだ」

静かな声に込められた真剣さに、あたしは思わず口を閉じた。

それ、体育館であたしに告白してくれたときにも言ってくれた言葉だ……。

雄太は、あたしと同い年とはとても思えないような大人びた表情で、お父さんとお母さんを見ている。

「瑞樹は両親の離婚でとても苦しんでいます。その気持ちは、おじさんたちにわかってもらえていますか？」

「ああ。もちろんわかっているよ。瑞樹には本当にすまないと思っている」

そう言ってお父さんは、あたしに向かって深々と頭を下げた。それを見たお母さんも一緒になって頭を下げる。

その姿を見たあたしは、いたたまれずに視線を逸らした。

やめてよ。そんな、自分の親が頭を下げてるところなんか見たくないよ。

「べつに、謝ってほしいわけじゃ、ないよ」

下を向いて口ごもりながらそう言うと、お父さんは悲しい目をして食い入るようにあたしを見た。

「それでも謝らせてくれ。お父さんたちはお前をとても傷つけてしまったんだから」

「だから、謝ってほしいわけじゃないってば！　謝ってすむことじゃないし！」

思いがけず強い口調で吐きだしてから、しまったと思ってグッと唇を閉じた。

お父さんもお母さんも、そんなあたしをますます悲しい顔で見ている。

違うの。こんなこと言いたいわけじゃない。

これじゃまるで怒って責めてるみたいだ。

もちろん離婚なんてしてほしくなかったから、両親に対してモヤモヤした感情が巣《す》くっているのは事実だ。

でも、恋が終わってしまった人たちに向かって、なぜ終わったんだと責めても仕方ないことを、あたしは知っている。

それに、お父さんたちはすごく頑張ったけどダメだったことも、知ってる。

できる限りのぜんぶの努力をし尽くして、それでもダメだった当人たちから、『ごめんなさい』って頭を下げられたら、余計につらいんだ。

本当にどうにもならなかったんだっていう悲しみが、増すばかりなんだよ。

そう伝えたいのに、どうしても口から言葉が出てこない。

自分の感情を整理してきちんと相手に伝えるって、すごく苦手なんだ。

とても大事なことなのに。でも大事なことほど心の底に鉛《なまり》みたいに沈んでしまって、取り出せない。

「どうか誤解しないでください。瑞樹は責めたいわけじゃないんです」

雄太のその言葉に、あたしは目を瞬かせた。

「瑞樹は、おじさんたちが瑞樹を悲しませないためにちゃんと努力してくれたことを知っています。知っているから謝られると余計につらいんです。……だよな？」

こっちを向いた雄太が、あたしにそう問いかける。

その穏やかな目に引き込まれるように、あたしは素直にうなずいていた。

自分で言いだせなかった自分の気持ちを、雄太が言ってくれている。

まるで、ずっと開け方のわからなかった箱を、目の前で簡単に開けてもらったような感じだ。

「瑞樹は、ただ悲しいんです。ずっと育ててきた大切な宝物を、一緒に育ててくれていた当の家族から、これは偽物だから壊すしかないと断言されたような気がして」

雄太の口を通して、あたしの心の箱から中身がポロポロこぼれだす。

出口を見つけられずに、膨らむ一方だった気持ちが、ようやく行き場を見つけた。

痛いくらい溜まってよどんでいたものをやっと取り出せて、どんどん箱が軽くなっていくのを感じる。

「信じていたものが壊れてしまったから、これから先、信じることが正しいのかさえわからない。信じたあげくにまた否定されて、再び壊されることが怖くてたまらないんです」

あたしにとって家族は、この世に生まれて初めて信じた世界だった。

その世界が、努力も空しく壊れてしまった。

壊した人は、たとえ悪気も責任もなかったにせよ、あたしが心から信じていた両親で……。

だから未来が怖いんだ。

いつの日かまた、今度こそと願って大切に育てたものが、自分にはどうしようもできない事情で壊れていく未来が見える。

いくら信じようとしても、ダメだったという現実の前では、希望という文字はとても無力だ。

そして考えることは堂々巡りで、行き着く先はいつも同じ。

『どんなに願っても、どんなに信じても、いつかは終わりが来て壊れてしまうかもしれない』

ねえ、わからないんだ。

答えはどこにあるの？

未来に不安を抱きながら信じることに意味なんてあるの？

いずれ無意味になるかもしれないことに、価値なんて本当にあるの？

そんなふうに、大切なものを信じ切ることもできないくせに、諦めることも捨てることもできない。

『失いたくない。怖い怖い』とベソベソ泣いて、膝《ひざ》を抱えているんだ。

こんなみっともなくて、情けない自分の存在こそ無意味で。

あたしはどんどん、どんどん自分を嫌いになっていく。

嫌い。嫌い。

こんなあたしなんか……大嫌いだ！

「おじさん、おばさん。無礼《ぶれい》を承知で聞きます」

自分で自分を否定する痛みに必死に耐えるあたしの耳に、雄太の声が聞こえる。

涙のにじんだ目で見上げると、見たこともないほど真剣な目をした雄太がいた。

あたしが憧れるあの強い真っ直ぐな視線で、雄太はお父さんとお母さんと向きあっている。

「ふたりが結ばれたことを、後悔していますか？」

それはひどく直球で、容赦ない質問だった。

人の心を傷つけてしまうような、無遠慮《ぶえんりょ》で危うい質問に、さすがにお父さんとお母さんの表情も厳しくなる。

でも、はぐらかすことを許さないほど、雄太の態度も声も真摯《しんし》だ。

その揺るぎない態度を見て、思った。

これは本来、雄太じゃなくてあたしが両親に聞かなきゃならないことだ。だって今雄太がした質問こそ、両親の離婚が決まってからずっとずっと、あたしがふたりに聞きたかったことなんだ。

でも……。

「ゆ、雄太。いいよ。そんなこと聞かないで」

あたしは指先で雄太のシャツを小さく引っ張りながら、小声で言った。

本当は両親に答えてほしい。

本音を聞きたい。あたしのためを思った嘘とかは、いらない。

その本音があたしの望む言葉なら、あたしの心は救われるんだ。

でも、もしも両親の答えが『結婚したのは間違いだった。後悔してる』だったら？

あたしもう本当に立ち直れないよ。両親との間にも決定的に溝《みぞ》ができてしまう。それに雄太だって、こんなふうに人の心に土足《どそく》で踏み込むようなこと、したいはずがない。

「もう、いいの。いいんだよ」

「よくない。結果を恐れて踏みだせないから、お前は自分で自分を苦しめている。違うか？」

あたしはグッと言葉を飲み込んだ。

雄太の言う通りだ。

望み通りの結果が手に入る保証がないから、怖くて前に踏みだせない。

同じ場所に立ち止まって、心の中で壁打ちみたいに聞きたい言葉を繰り返している。そして誰にも届くことのない問いかけは、自分の中でどんどん勝手に、悪い方に膨れ上がっていく。

雄太はその苦しみからあたしを救うために、こうして両親に聞いてくれているんだ。

「怖がらなくていい。もしも望まない答えが返ってきたとしても、俺がお前を救ってみせる」

強い覚悟を感じる声と、凛《りん》とした眼差《まなざ》し。雄太は本気だ。

傷つかない場所に引っ込んだままのあたしを、自分を悪者にしてまで、なんとか引っ張りだそうとしている。

……あたし、その優しさに甘えたままでいいの？

雄太はあたしへの気持ちを証明するために、盾《たて》になってあたしを守ろうとしてくれている。

海莉は自分の恋を叶えるために、断られるリスクを承知の上で関先輩に告白して、チャンスを掴んだ。

田中さんは自分の未来のために、全校生徒の前で堂々と、雄太への想いを告げる勇気を見せた。

みんな、傷を負うことを覚悟の上で、自分や誰かのために前を向いて一歩を踏みだしている。

じゃあ、あたしは？

あたしはいったい、なにをしているの？

『瑞樹はどうしたいの？　どうありたいと願ってる？』

あのときの海莉の言葉と、澄んだ目があたしに問いかけてくる。

そうだ。あたしは、どうしたい？

「…………」

ギュッと両目を閉じ、ゴクリとツバを飲み込んでから、大きく深呼吸をして目を開けた。

今こそ、自分自身に答えるときだ。

あたしは、もういいかげん、グズグズ泣いてばかりで潰れた両目を開くべきなんだ。

「お父さん、お母さん。正直に答えて」

あたしは、小さな声を精いっぱい振り絞った。

手のひらは不安と恐怖で汗びっしょりだ。ドクドクする心臓が痛い。お腹が痛い。

呼吸が速まって息苦しい。

だって望まない答えが返ってきて、また傷ついて泣くかもしれない。

それでも、あたしは聞きたいんだ。

あたしは自分のために、しっかりと両目を開いて、自分で問いかけたいんだ。

「結婚したこと、間違いだったと思ってる？　後悔してる？」

あたしの視線に一瞬ひるんだお父さんは、ちょっとだけ間を置いて、それでもすぐに答えてくれた。

「いいや。後悔はしていないし、間違いだったとも思っていない」

フルフルと首を横に振り、そしてあたしを見ながらはっきり言った。

「瑞樹が生まれてくれたのに、後悔なんてするはずがない」

その言葉を聞いた瞬間、あたしは息を飲んだ。

驚いてお父さんを見つめるあたしの視界には、同じように驚いた表情でお父さんを見ているお母さんがいる。

あたしたち全員分の視線をしっかりと受け止めて、お父さんが言葉を続けた。

「私たちは家族を続けることは叶わなかったけれど、家族になったことは後悔していない。瑞樹という宝物と出会えたことは、私の人生最大最高の喜びだよ」

「お父さん……」

「お前は私たちにとって、かけがえのない宝物だ。なあ、瑞樹。この世界には決して壊れも失われもしない宝物が、ちゃんと存在するんだよ」

自分を否定し続けていたあたしの心に、熱い波がザッと押し寄せて、痛みを一気に押しのけた。

お父さんの言葉が、あたしの鼓膜《こまく》を静かに震わせて、まるで乾いた砂に撒かれた水みたいに、一滴も無駄にならずに、奥深くまで吸い込まれていく。

決して壊れも失われもしない宝物？

それがあたしなの？　ねえお父さん、お母さん？

「……そうね。お母さんもそう思う。瑞樹の存在がそう信じさせてくれるの」

赤く潤んだ両目でお父さんをじっと見つめていたお母さんが、パチパチと瞬きをしながらそう言った。

そして目尻を指先で拭って、ニコリと微笑む。

「お父さんと結ばれたこと、お母さん後悔しないわ」

「お母さん、それ本当？」

「もちろんよ。瑞樹、生まれてきてくれてありがとう」

両目の奥から熱く潤んだ衝動《しょうどう》が押し寄せてきて、あたしは震える両手で口もとを覆った。

視界全体が一気にボヤけて、顔が限界まで歪んで、もう我慢できない。

体中に満ちた熱い波が、ぜんぶ涙になって、両目からドッとほとばしった。

喉の奥から込み上げる大きな固まりが、嗚咽になって勢いよく口から飛びだしていく。

「うっ……。う、うぇぇー！」

これまでのすべてを吐きだすように、あたしは赤ん坊みたいに思い切り泣いた。

ずっと言ってほしかったの。ふたりが結ばれて家族になったことを、後悔はしていないって。

だってあたしは、お父さんとお母さんが結ばれて、この世に生まれてきたから。

ふたりに、『結婚しなければよかった』と後悔されてしまったら、その結婚によって生まれたあたしも、否定されることになる。

あたしが生まれたことは間違いだったの？

そうだと言うなら、あたしがこれから生きていく意味は？

だって、間違いの上になにを積み重ねたところで、いつかはすべて壊れてしまう。

両親が、最後には離婚したみたいに。

そう思うたびに、今にも足もとがガラガラ崩壊していくような気がして、すごくすごく怖かった。

自分の命の価値や未来があやふやで、不確かなものにしか思えなかった。

だからどうしても、家族になってよかったって言ってほしかった。

けど家族を終わらせた本人たちから、そんなこと言ってもらえるはずがないと思い込んでいたんだ。

でもあたしは、宝物なんだね？

それならあたしを生んでくれたお父さんとお母さんの存在も、宝物だね。

三人で過ごしてきた日々も、間違いなんかじゃないよね？

だったら、たとえ家族でいる日が今日で終わりを迎えるとしても、これまでみんなで積み重ねてきたものは、絶対に無意味でも無価値でもないよ。

信じていいんだね。

信じられるものが、ちゃんとあったね……！

「う、うえぇっ……。ゲホ、ゲホッ」

泣きすぎてむせるほど泣いても、まだ熱い涙と喜びがあふれてくる。

次から次へと流れる涙と洟を両手でこすっていたら、ふと、肩の上に温もりを感じて顔を上げた。

雄太があたしの肩を優しくなでながら「よく頑張ったな。瑞樹」って微笑んでいる。

あたしはすごい音をたててしゃくり上げながら、ビショビショのクシャクシャ顔で笑い返した。

「あ、ありがと。雄太ぁ……」

雄太のおかげだよ。

もし雄太が今日ここに来てくれなかったら、大げさじゃなくあたしの心は一生救われなかったかもしれない。

本当にあたしを守ってくれたね。支えてくれたね。

ありがとう雄太。本当にありがとう。

「おじさんとおばさんと同じくらい、俺も瑞樹のことを大事に想っています。だから今日のこの日に、ふたりで一歩を踏みだしたいんです」

あたしの肩に置く手に力を込めながら、雄太が言った。

「俺と瑞樹が付き合うこと、認めてくれますか？」

お父さんとお母さんが顔を見合わせ、そして同時にうなずく。

「ええ、もちろん。子どもの頃から瑞樹を守ってくれてありがとう」

「これからもよろしく。ずっと瑞樹から離れないで支えてやってくれるかい？」

「はい」

お父さんたちに向かって力強く答える雄太の横顔が、涙で霞んでよく見えなくて、あたしは何度も両目をこすった。

もっとよく見たい。そしてこの目に、記憶に焼きつけたい。

あたしの大好きな横顔で、あたしへの真剣な気持ちを宣言してくれた雄太の姿を。

『俺、絶対に瑞樹を諦めないから』

あの言葉通り、何度あたしが逃げだしても、決して諦めずにいてくれた。

雄太は信じられる人。

そんな当たり前のこと、なんで忘れていたんだろう。

子どもの頃から、いつだってあたしの手を引いて守ってくれていたのに。

ねえ、雄太。この胸に込み上げる想いを、どうやって伝えればいい？

燃えるように熱くて、震えるほどうれしくて、今にも破裂してしまいそうなんだ。

ねえ、雄太。

大好きな大好きな、大好きな雄太……。

ここから未来を始めよう

テーブルの上のティッシュを大量に抜き取り、顔全体をゴシゴシ拭いている横で、雄太が言った。

「これから瑞樹を連れて、少し散歩してきてもいいですか？　初デートってことで」

ちょっとおどけたその口調に、お父さんが「もちろん。……ありがとう」と答えた。

これからお父さんとお母さんは、離婚届に署名《しょめい》してハンコを押す。

だからたぶん雄太は、あたしをここから連れだそうとしてくれているんだ。

お母さんも感謝のこもった目で雄太を見ている。

「いってらっしゃい。ふたりとも気をつけてね」

「うん。いってきます」

雄太と一緒にリビングを出て玄関に向かい、家の外に出て、雄太のあとについて歩いていく。

「天気、いつの間にか回復したんだね」

「そうだな。てっきり今日は雨が降ると思ってたけど」

雲の切れ目から差し込む光が、派手に泣いて充血した目に眩しい。

灰色の空の隙間から覗く鮮やかな青さが、ハッとするほど胸に迫る。

あたしの歩調に合わせてゆっくり歩いてくれる雄太と肩を並べながら、しみじみと空を見上げて歩いた。

「ねえ、これからどこ行くの？」

「公園に行かないか？　子どもの頃は家族みんなでよく遊びにいってたろ」

「ああ、あの公園ね？」

雄太の言う公園は、家のすぐ近くにある、ここら辺では一番大きな公園だ。

大掛かりなアスレチックコーナーや、小さな子どもが安心して遊べる遊具や、広くて清潔《せいけつ》な東屋《あずまや》がある。

子どもの頃は家族ぐるみで、よく遊びにいった。

しばらく歩いて公園に着くと、青々とした芝生には自前のテントを設置した家族連れやカップルがいて、みんな思い思いの時間を楽しんでいた。

「休日なのにあんまり人がいないね」

「朝から天気が悪かったからな。晴れてきて人が集まりだしたんだろ」

あたしたちは東屋の中に入って、木製のベンチに並んで腰かけた。

「アスレチックコーナー、相変わらず子どもたちに大人気だな」

「懐かしい。あたしも雄太も、昔はあんなふうにハシャいでいたね」

「芝生に広げた敷物の上に、俺らの両親が並んで座って、手を振ってくれてたよな」

この公園は、お父さんとお母さんの寝室に飾っていた、あの思い出の写真の公園でもある。

ふたりが恋人同士になって、初めてキスをしたという記念の場所。

楽しい記憶はこんなに鮮明に残っていて、でも、もう戻らないんだなあ……。

「寂しいか？」

風に吹かれながら黙って公園内の様子を見ているあたしに、雄太が気遣うように聞いてくる。

本当に雄太って、あたしの気持ちをわかってくれるんだね。

「んー。うん。そうだね」

ちょっぴりしんみりしながら、正直にそう答えた。

返らない日々を思うと、やっぱり切ないし、喪失感《そうしつ》があるのはどうしようもない事実だ。

でもちゃんと絆《きずな》があって、それは決して消えないことも知ったから。

悲しいけれど悲嘆《ひたん》に暮れているわけでもない。

なんていうか、今日の空みたいな気分。

たしかに雲は灰色で重いけれど、その向こうには青い空があって、それを証明するように合間から光が差しているんだ。

「なあ、久しぶりに水源《すいげん》に行かないか？」

「あ、いいね。行こう」

この公園には噴水《ふんすい》がある。一般的な噴水とは違って、渓流《けいりゅう》みたいに幅広な川が流れる形の噴水だ。広い公園の一角がちょっとした小山のように高くなっていて、その頂上から水が流れ落ちてきている。

その水源を見にいくのが、当時のあたしたちの楽しみだったっけ。

公園の周囲を取り巻くように植えられた木々の間の小路を、ふたりで水の流れに沿うように上流へと登っていった。舗装された隙間から、雑草がぴょこぴょこ飛びだしている道をしばらく進むと、水源に着いた。

「わー、懐かしい」

「相変わらず地味だな」

雄太の言う通り、水源と言ってもとくにどうということもない。地面に設置された、ほんの一メートル四方の小さな四角いコンクリート設備から、水が出ているだけだ。

それでも子どもだったあたしたちにとって、ここはめったに人も来ない、ふたりだけの特別な場所だった。

高校生になった今、改めてこうして見るとますます地味に見える。

「言っちゃなんだけどほんとにショボいね」

「でもこうして見ると、ここも少し変わったな」

雄太が周囲をグルリと見回しながら言った。

ひと気がなくて寂しくて、周りは木々と雑草ばかりなところは変わってないけど。

当時はまだ背丈の低かった木はずいぶんと高くなって、見上げるほど。

風や鳥が種を運んだのか、人が植えた感じとは違う野草が、あちこちで小さな花を咲かせている。

「ここに毎日来ていた頃はね、ずっと変わらない場所だと思っていたの」

変化なんて知るよしもなかった幼い日。

ここはずっと変わらない、雄太とあたしの宝物だった。

でもいつの間にか木々は高く成長して、コンクリートはずいぶん汚れて端っこが欠けてるし、名前も知らないたくさんの花が風に揺られて咲いている。

変わらないと信じていた時間と、変わってしまった現実。

でも、あたしは覚えてる。

たしかにこの場所で、あたしたちは幸せな時間を過ごした。

間違いなくここは、特別な場所。

あたしと雄太の宝物。

「なあ、瑞樹」

「ん？」

「キスしよう」

いきなりなにを言われたのか、最初のうちは理解できなくて、目をパチパチさせた。

でもそのうちに、正確な意味が毛細管現象《もうさいかんげんしょう》みたいにジワジワ脳に浸透してきて、顔に血が集まってくる。

キス？　は⁉　キスぅ⁇

「な……な？」

うまく息が吸えなくて声が出てこない。

『キス』って単語が、頭の中でバチバチ火花みたいに弾けている。

ものすごい勢いでドキドキする心臓から、大量の血液が押しだされて、全身を暴れ回ってる。

「な、なに言ってんのよー⁉」

引っくり返った声で叫ぶあたしの顔は、たぶんゆでダコよりも真っ赤だと思う。

首から上の皮膚ぜんぶがヒリヒリするほど熱いし、アニメキャラみたいに髪の毛が逆立って爆発しそうだ。

今にも気を失いそうになって目を白黒させているあたしを、雄太が面白そうに眺めているのが、また憎《にく》らしい。

爆弾発言しておいて、なにそんなメチャクチャ冷静な顔してんのよ⁉

あ、さては……！

「からかったんでしょ！」

「いや。キスしたいのは本気」

「うっ……！」

「だって俺は瑞樹のこと好きだし。恋人同士なんだからキスしたいと思うのって当然だろ？　違うか？」

雄太はすねたように唇を尖らせながらヒョイと小首を傾げて、あたしの顔を覗き込んだ。

うぅ。男のくせにやたらとかわいいその表情と仕草《しぐさ》は、反則でしょ！

「それとも瑞樹は嫌なの？　俺とキスしたくないわけ？」

「し……！」

したいわよ！

って思わず正直に叫びそうになって、慌てて言葉を飲み込んだ。

ギュッと唇を結んで、できるだけ怖い顔して睨みあげると、雄太は「ん？」とますます顔を近づけてくる。

緩んだ頬のラインと、細められたきれいな両目と、真っ白な歯が覗く唇が接近する。

目に映るどれもこれもが、あたしが大好きなものばかり。

最高に素敵で、極限《きょくげん》にドキドキさせるものばかりで、余裕な態度の雄太がカッコよすぎる。

……ダメだあ。もう限界！

あたしは両手で顔を隠して、その場にヘナヘナとしゃがみ込んでしまった。

すると頭上で雄太が楽しそうに大笑いしてる。

うぅぅ、メッチャ笑われてる～。悔しい！

でも好きな人から『キスしたい』って言われて、平気でいられる女の子なんているわけない！

知ってる？　生き物はそれぞれ、一生の間で鼓動を打つ回数が決まってるって説。

今ここでこんなに消費したら、あたし絶対、五年は寿命が縮んでる！

なのに雄太は追及の手を緩めない。

あたしと向きあうようにしゃがみ込んで、あたしの頭を手のひらでリズミカルにポンポンしながら、しつこく聞いてくる。

「ほらほら、どうなの？　俺とキスしたいの？　したくないの？　どっちですか｜？」

言・わ・せ・る・な｜‼

心の中で絶叫しながら、体全体が火照ってオデコに汗が浮かんでる。

「うわ、お前の頭から今にも湯気が出そうだな。でもちゃんと言わなきゃ絶対に許さない。正直に白状しなさい」

その言葉にも、雄太の手の感触にも胸がキュンキュン忙しい。

こんな意地悪されてるのに、すごく幸せを感じちゃうなんてもう末期《まっき》だ。

これは早めに負けを認めた方がいい。じゃないとほんとに心臓がもたない！

「し……」

完全に敗北を受け入れたあたしは、照れくささのあまり地面を転げ回りそうになりながら、モゴモゴとつぶやいた。

「し、しても、いい……」

「ん？　聞こえない。もっとはっきり大きな声で」

「してもいい、けど！」

「けど？」

「けど、ここ、お父さんとお母さんがキスした場所だから」

この公園はお父さんとお母さんが恋人同士になった日、初めてキスした場所。

思い出の場所だけど、今日あのふたりは離婚するわけで。

なんというか、さすがに縁起《えんぎ》が悪いというか。ちょっと気にしてしまうというか。

「それ、俺も知ってる。だからこそ今日、ここで瑞樹とキスしたい」

「え?」

顔を上げると、目の前に優しい微笑みがあった。

さっきまでの少しふざけた様子とはまったく違った大人びた表情が、穏やかに、丁寧にあたしに語りかけてくる。

「前にも言ったけど、おじさんたちと俺たちは違う。だから縁起なんて関係ない。この場所は俺たちの大切な場所で、今日は俺たちの特別な日だから、俺たちがここでキスするんだ」

ここはあたしたちだけの大切な場所。

今日はあたしたちの特別な日。

だからあたしたちは、この場所からあたしたちだけの道を進んでいけばいい。

そういうこと?

「なによりも俺は瑞樹が好きだから瑞樹にキスしたいんだ。瑞樹は?」

そう言って雄太は、あたしの手を取って立ち上がった。

「まだ瑞樹の口から聞いていない。だから聞かせて。俺が好き?」

まるで王子様みたいに優雅《ゆうが》な仕草であたしの手を取る雄太を見て、あの結婚式の日を思い出した。

リングボーイ姿の雄太の幼い表情を、今でもはっきり覚えている。

あの頃に比べるとすごく背が伸びて、顔立ちもずっと大人びて、体もすっかり男らしくなった。

雄太は、たしかに変わった。

でも今あたしの目の前に立つ雄太は、間違いなく、あの日の雄太と同じ存在。

道に迷ったあたしの手を握り、ずっと守って支えてくれる人だ。

そんな雄太をあたしは心の底から想っている。

だからずっと言いたかったこの言葉を、この気持ちを、今こそ正直に告げよう。

「好きだよ。あたしはずっとずっと昔から雄太だけを見つめてきたよ」

あたしの心からの言葉を受け止めた雄太が、見たこともないようなうれしそうな顔で笑った。その一点の曇りもない笑顔を見たら、体の芯からさざ波のように幸福感が満ちてくる。

ねえ、雄太。幼い頃に大切だったこの場所も、あたしたちも、昔とはすっかり変わったね。

でもあたしたちは、あの頃のようにまたこの場所に立って、これから初めてのキスをするんだ。

決して壊れない、失われない宝物があることを知っているから。

守りたい。そして証明してみたい。

信じて前に進むことは無意味じゃないって。

無意味じゃないものにするために、人は前に進むんだって。

雄太と一緒なら叶えられる気がするよ。

なんの保証も確証もないけれど、きっと大丈夫。

だって雄太はあたしにとって大切な宝物だから。

「好きだよ、瑞樹。本当に心から瑞樹が大切で大好きだ」

見上げる雄太の顔がゆっくりと近づいてくる。

くっきりした二重瞼の、宝石みたいに澄んだ黒い瞳に見惚れて、あたしのすべてが引き込まれてしまう。

トクトク鳴り響く鼓動と、言葉ではとても言い表せない幸せな感情。

そしてあたしの手を包んでくれる、大きくて温かな愛情。

そっと両目を閉じて、なにも見えなくなっても、すべてが伝わってくる。

こんなにもあたしは雄太を好きで、雄太もあたしを好きってこと。

それ以上に大事で信じられることなんて、どこにもないってこと。

好きだよ、雄太。
あたしは雄太が大好きだよ。
そして次の瞬間。
あたしの唇は生まれて初めて、とても柔らかくて愛しい体温と触れあった。

祈《いの》りの果ての奇跡《きせき》を望んで

「お母さん、じゃあいってくるね」

あたしは充電し終えたスマホをバッグに入れながら、リビングをヒョイと覗いた。

壁際に面した大窓から差し込む光は、すっかり夏模様《もよう》。

うっとうしかった梅雨が明けたとたん、『待ってました』とばかりに、太陽が張り切りだした。部屋全体が強い日差しを受けて、ふだんよりもずっと明るく見える。

アイスコーヒーを飲みながらソファーでくつろいで読書をしていたお母さんが、本から顔を上げた。

「晩ご飯の時間までには帰ってきなさいよ」

「ん、大丈夫。そんな遅くなんないから」

答えながら前髪を気にして、指先でチョイチョイ触っているあたしを、お母さんがからかう。

「いいわねえ、若者は。夏休みだからって平日の昼間からデートですか」

はい、その通り。今日は雄太とデートです。

ひと月前、あたしの両親が離婚した日に雄太と恋人同士になってから、あたしたちの交際はとても順調だ。

あれから雄太は、毎朝登校前に家まで迎えにきてくれるし、夏休みに入ってからも連絡を絶対に欠かさない。もともと周りに気を配るタイプだったけど、話を聞いた海莉がうらやましがるほどマメなんだ。

付き合う前に、あたしがあんなに不安を連発しちゃってたから、少しでも安心させようとしてくれてるのかも。

なんだか申し訳ないなあ。や、もちろんうれしいけどね。すごく。

海莉と関先輩の関係も、とっても良好だ。

まだカップルとして成立してるわけじゃないけど、もう先輩の家に遊びにいったりもしてるし。

着々と恋人への段階を踏んでいる途中って感じかな?

海莉の笑顔のキラキラ具合を見れば、今とっても幸せなんだって伝わってくる。

「自由に時間を使える高校生がうらやましいわあ。若いっていいわねえ」

本をテーブルに置いてグラスに口をつけたお母さんが、肩を落としてふうっとため息をついた。

その言い方がちょっぴり年寄りくさくて、つい笑ってしまう。

「お母さんだって今日会社休んで、優雅にコーヒーブレイクしてるじゃん」

「有給消化してるだけよ。じゃないと本社からチェックが入って、うるさく言われて大変なんだから」

「って言われても、高校生には会社の制度なんてよくわかりませーん」

あ、いけない。つい話し込んじゃった。

そろそろ家を出ないと遅刻しちゃう。

「じゃあいってきます」

「いってらっしゃい。雄太くんによろしくね」

お母さんの声を背に、あたしは急ぎ足で玄関に向かった。

下駄箱から靴を出しながら、あたしと両親との関係もずいぶん改善したなあ……ってしみじみ思う。

親が離婚してからの方が家族仲がいいなんて、一般的には変な話なんだろうけど、実際にそうなんだから仕方ない。あれからお母さんは、なにかが吹っ切れたようにどんどん落ち着いていって、あの痛々しい雰囲気はもうぜんぜんない。

お父さんも定期的に家まで会いにきてくれるし、一緒に外食したりもする。

二酸化炭素が沈殿《ちんでん》したような我が家の空気は、最近ではすっかりクリーンになった。

本当によかったと思うと同時に、もしもあの日、雄太が家に来てくれなかったらと思うとゾッとする。

雄太にはいろんな意味で感謝しかないよ。

玄関のドアを開けて一歩外に出たら、上から押しつけてくるような直射日光が、全身に降り注いだ。

まるで空気全体が暖房されてるみたい。うわあ、今日も暑い！

無意識に目を細めてしまうほど強い日差しが、街路樹の緑を照らしていっそう輝かせる。

アスファルトの上の日陰《ひかげ》を選ぶように歩きながら、あたしは待ち合わせの駅に向かった。駅に着いて構内に入り、土産《みやげ》物売り場の横にある広場へと進むと、木製のベンチに腰掛けている雄太を発見。

ほぼ同時にあたしを見つけて手を振っている雄太のもとへ近寄って、隣に座った。

「お待たせ雄太。……それで、田中さんは？」

「さっき改札で見送ったよ」

「様子、どうだった？」

「うん。まあ、泣いてた」

実は今日は、田中さんの引っ越しの日なんだ。

いよいよお母さんと一緒に田舎に行くことになったって彼女から聞いて、あたしから雄太に見送りにいくように頼んだ。

それで駅で待ち合わせしたってわけ。

「瑞樹も一緒に見送れればよかったのに。会えなくて田中さん残念がってたぞ？」

「あたしも見送りたい気持ちはもちろんあったんだけどね」

いちおう、いろいろ悩んだんだよ。

あたしが雄太の隣にいたら、なんかこう、田中さんにマウント取ってるみたいだよなあ、とか。絶対に田中さんに気を遣わせちゃいそうだな、とか。

「今日は田中さんの旅立ちの日だからさ。田中さんが一番喜ぶ形で送りだしてあげたいなって思ったの」

「ま、見送りにきてたのは俺だけじゃなかったしな」

「そうなんだ？」

「クラスメイトたちが来てた。花束やプレゼント渡してたよ」

「そっかあ！　入学して一学期しか過ごしていない状態での引っ越しだけど、いいお友だちがいたんだね！」

きれいなお花やプレゼントを両手に抱えて、涙を流しながらうれしそうにしている田中さんが目に浮かんで、ジーンとした。

……よかった。寂しさや悲しみだけのお別れじゃ本当につらいもん。

田中さん。どうか元気でね。

田中さんならきっと大丈夫だよ。あたしはそう信じてるよ！

「さてと、そろそろ行くか」

ベンチから立ち上がった雄太を見上げながら、あたしはずっと聞きたかったことを聞いてみた。

「今日はあたしを案内したい場所があるって言ってたよね？　それどこ？」

昨日の電話で雄太にそう言われてから、ずっと楽しみにしてたの。

だっていくら聞いても教えてくれないんだもん。

「もう教えてくれてもいいでしょ？」

「それはあとで。まだ時間が早いんだ」

そう言いながらニヤリと笑う雄太に、あたしは小首を傾げる。

時間？　なんだろう？　映画とか？

「いずれわかるから。まずはどこかで時間を潰そう」

雄太に促されてベンチから立ち上がったあたしは、一緒に駅の出入り口へ向かった。

一歩外へ出ると、午後の強烈《きょうれつ》な日差しが大通りに燦々と降り注いでいる。

目の前を行き交う大勢の人たちが、日傘を差したりシャツの襟もとをパタパタしたり、扇子《せんす》であおいだり。

アスファルトからユラユラ立ち昇る陽炎《かげろう》が、なおさら今日の暑さを強調している。

あたしたちはすぐ近くのビルに避難して、しばらく時間を潰すことにした。

軽食をテイクアウトして一緒に食べたり、本屋に入って雄太に参考書を選んでもらったり。プチプラのコスメショップに付き合ってもらったりしているうちに、あっという間に時間がすぎていく。

雄太と過ごす時間は楽しくて、いつもびっくりするくらい早くすぎるんだ。

昔から何度もこんなふうに外で会ったことはあるけど、そのときと今とでは、ぜんぜん違う。

だって今のあたしたちは、ただの幼なじみじゃなくて恋人同士。

買い物したり、おしゃべりしたり、やってることは前とまったく同じなのに、この特別感はなんなんだろうね？

以前は感じることのなかった感情が、胸の奥から泉みたいに湧いてきて、あたしを隅々まで満たしてくれるんだ。

ちょっぴりくすぐったくて、気持ちがふわふわ浮かれて、とっても安心できる。

気持ちが通じあえなかった頃の寂しさは、もうカケラもない。

雄太と一緒にいられて幸せだなあって、本当に心から実感できるんだ。

「そろそろ時間だな。行こう」

ペットショップで子犬や子猫のかわいい仕草を眺めていたら、雄太があたしの手を握って歩きだした。

「で、どこ行くの？　まだ内緒？」

「着いてからのお楽しみ」

ビルから連れだされたあたしは、雄太に手を引かれながら大通りの曲がり角を曲がった。

時刻はそろそろ夕暮れ時で、傾いた太陽が、昼間の鮮烈さとは違った穏やかな色合いに町中を彩《いろど》り始めている。雄太はあたしを連れてそのまま道路を真っ直ぐ進み、どんどん大通りから遠ざかっていった。

あたし、このあたりはほとんど来たことないや。

メインの通りから数本道を逸れただけで、ずいぶん静かになるんだなあ。

そんなことを考えてキョロキョロしながら歩いていたら、急に雄太が立ち止まった。

「瑞樹、着いたよ。ここ覚えてないか？」

「ん？　どれ？　……あ」

ふたり並んで立つ目の前に、教会が立っている。

真っ白な西洋風の三角屋根と、てっぺんを飾る鐘。いかにも教会らしい教会で、言われてみれば重厚な木の扉に見覚えがあった。

「これって、あのときの教会じゃない⁉　あたしたちがフラワーガールとリングボーイをしたときの！」

あたしたちがまだ幼稚園だったときの、あの思い出の教会だ。

うわあ、懐かしい！　うちの家族はキリスト教信者ってわけでもないし、教会には縁がなかったから、あの日から一度も来たことがなかったんだ。

「じゃあ中に入ろうか」

懐かしさに感動しながら教会を見上げていたら、軽く言われてビックリする。

「え？　入ってもいいの？」

「ほかの教会は知らなけど、ここは大丈夫。神の扉はいつでも誰にでも開かれているってさ」

そういうことなら久しぶりにぜひ中の様子を見てみたい！

あたしは雄太に手を引かれて、わくわくしながら白い階段を上った。

扉を開けて中に入ると、入り口近くに神父《しんぷ》さんがひとり座っているだけで、ほかには誰もいない。

ふたりできちんと神父さんに挨拶をしてから、十年以上ぶりの光景をゆっくり眺めた。ゴシックなんだかバロックなんだか、様式はよくわかんないけど、それっぽい柱や壁は真っ白で、全体がとても明るい。

正面にある祭壇やアーチ型の天井、色鮮やかなステンドグラスの窓がまさに教会って感じだ。

「こんなだったっけね？　さすがに細かいところまでは覚えていないもんだね」

すっかり興奮していると、雄太が「座ろう」と言って、礼拝用の長椅子に腰掛けた。

あたしも隣に座り、ニコニコしながら雄太に小声で話しかける。

「雄太、連れてきてくれてありがとう。ここはあたしにとって大切な思い出の場所なんだ」

だって初めて雄太を意識した場所だからね。特別な場所にまた来ることができてうれしいよ。

しかも雄太と一緒に来られるなんて思いもしなかった！

「俺にとってもここは特別な場所なんだ。そして、これから特別な時間が始まる」

「特別な時間？」

「ほら、見て。祭壇の上の天使像」

言われて前方に視線を向けたあたしは、目の前の光景に目を見張って声を上げてしまった。

「わ、すごい！」

天井近くのステンドグラスを通って入り込む西日が、カラーライトみたいになって、祭壇の上の真っ白な天使像を色鮮やかに照らしている！

　なんて美しいんだろう！

　まるで天然のマッピング映像みたい！

「周りも見て」

　驚いて見惚れているあたしの耳もとに、雄太がささやく。

　天使像だけじゃない。そこら中の真っ白な壁や柱や床に、多彩なステンドグラスの色がくっきり映しだされている！

　赤。黄。緑。青。紫。

　夕暮れの日差しがガラスを通して混じりあい、神の家を様々な色に染めあげる。

　その透明感のある色彩が、まるで命を宿しているみたいに、いたる所で優しく煌《きら》めいていた。

「…………」

　思いがけない神秘的な光景を目にして、声もなく感動するあたしの隣で、雄太が教えてくれる。

「一日のうちで、この時間帯だけ見られる特別な現象なんだ。いつか瑞樹にも見せたいってずっと思ってた」

「雄太、あれからここに来たことあるの？」

「ああ、何度も来たよ。ここは俺にとって特別な場所だから。……俺が初めて恋をした場所なんだ」

思わず振り向くと、雄太は真っ直ぐ前の天使像をじっと見上げている。

「今でも昨日のことみたいに覚えてるよ。お前が着ていた真っ白なドレス。髪に飾ったピンク色の花冠。小さな手からこぼれ落ちる花びら」

そして、とても優しい微笑みを浮かべながらささやいた。

「あの日ここで、俺は瑞樹に恋をした」

その言葉を聞いた瞬間、体中に熱い感情が駆け巡った。

不意打ちの驚きと、言葉にならない感動で、心の奥まで鮮やかなステンドグラス色に染まった気がする。

喜びがどんどん膨れていって、息ができない。

ここはあたしが、雄太に恋をした場所。

雄太も……同じだったんだね……。

「よくここで祈ったよ。瑞樹が受験前に体調崩したときは、一刻も早く元気になりますようにって。瑞樹の両親の仲がもと通りになりますようにって」

「雄太……」

「そして、いつの日か俺の想いが瑞樹に届きますようにって祈ってた」

その頃のことを思い出すように、雄太はゆっくりと目を閉じた。

特別な場所で捧げる、心からの祈り。

雄太はずっと前から、あたしの知らないところで、こんなにもあたしを想ってくれていたんだね。

ありがとう。本当に本当にありがとう。

ああ、どうしよう。うれしすぎてせっかくの光景が涙でにじむよ。

あたし、泣きそうだよ雄太。

「叶う祈りもあれば、叶わない祈りもある。それはどうしようもない現実だ。でも俺は、この教会でお前を想って祈った時間のすべてを大切に思ってる」

雄太の唇から、想いのこもった言葉がこぼれる。

うん、そうだね。望んだからって願いが叶うわけじゃない。

ダメなものはどうしたってダメだし、奇跡は簡単には起こらないから奇跡なんだってことを、あたしは学んだ。

それでもね、望むことは無意味なんかじゃない。

だってお父さんとお母さんが望んでくれて、あたしがこの世に生まれたんだもの。

あたしのことを、決して壊れることもなく失われることもない宝物だと言ってくれた。

ならあたしも、恐れることなく望みたい。

雄太の存在と、あたしが雄太を想う心は、まぎれもない宝物だから。

「なあ、瑞樹。まだ俺には叶えたい望みがあるんだ」

両目に盛り上がった涙のせいで、雄太の顔がほとんど見えない。

でもあたしがグスグスと鼻を鳴らす音に混じって、雄太の声がしっかりと聞こえる。

「あの日に願った通り、いつの日かここでお前と結婚式を挙げたい」

雄太が、あたしと向きあい言った。

「どうか俺と一緒にお前も願ってくれ。瑞樹」

限界を超えた涙が、あたしの両頬を伝って流れ落ちた。

もう、なにも、声にならない。

心の中はただ熱い喜びに満ちて、大好きな人の心と自分の心が結ばれていることの尊《とうと》さを、ひたすらに思う。

雄太に向かってコクコクとうなずくたびに、涙の雫《しずく》がポロポロと膝に落ちた。

うん。一緒に願おう。

叶う保証のない祈りを、そうとわかったうえで、ここで捧げよう。

だってこれは誓いだから。

叶わない可能性があるからこそ、きっと叶えてみせると自分に強く誓うんだ。

それは愚《おろ》かなことでも、無意味でも、無価値でもない。

雄太の祈りが、この奇跡の世界をあたしに見せてくれたんだもの。

ならばふたり一緒に願い、祈り続けた果てに、きっと望む世界があたしたちを待っている。

「俺たちはいつまでも一緒だ。瑞樹」

雄太に肩を抱き寄せられて、あたしは微笑んだ。

「うん」

短い返事に、詰め込み切れないほどの想いをギュッと詰めて。

大好きな人の肩に頰を預けて目を閉じると、幼い頃に見た情景が、ありありと浮かんでくる。

真っ白な鳩の羽ばたき。

パイプオルガンと教会の鐘の音色。

お父さんとお母さんの優しい笑顔。

バージンロードを彩る無数の花びら。

そしてあたしの隣で、手を差し伸べてくれた雄太。

あのとき、ずっとそばにいたいと心から願った人が、今もこうして隣にいる。

だから一緒に願おう。大好きな雄太と。

あたしたちはお互いが、かけがえのない宝物。
いつまでもどこまでも、決して離れないって。
大好きだよ雄太。
ずっとずっとずっと、永遠に大好きだよ――。

【END】

特別書き下ろし
番外編

道の途中

十月後半の秋晴れの空が、青く高く、どこまでも澄んでいる。夏の大活躍からようやくひと息ついたような、穏やかな日差しが気持ちいい。

やっぱり四季の中では秋が一番好きだなあ。

それになんたって今日は、あたしの誕生日。

大学も就職も、自宅から通える範囲の進路を選んだあたしが、自宅で迎える二十六回目の記念日だ。ちょうど休日と重なったから、朝からのんびりと、こうしてひとりで自室の窓から空を眺めている。

「あ、そうだ」

ふと思い立って、あたしは本棚の前に行き、アルバムの列を眺めた。

左端から幼稚園時代、小学校時代、中学校時代とそれぞれ背表紙の色を変えて、ボックスに収納してある。

高校時代は『青春』にちなんで、青色の背表紙だ。

その中から目当ての一冊を取り出し、あたしは机に向かった。

思えばこのアルバムの頃、机の上にはブックスタンドがあって、教科書や参考書がズラッと並んでいたっけ。

今ではお気に入りの化粧品やメイク道具が、ところ狭しと並んでいる。

ときの流れを感じるなあ。なんてことを思いながら、アルバムを置いてページをそっと開いた。

高校二年生の頃の友だちと撮った写真が目に入って、とたんに胸がキュンとなる。

懐かしい。切ない。温かい。

そんな、どこか胸がうずくような感情が過去から一気に甦ってきて、一瞬であたしを引き戻す。

あたしにとって一生忘れられない、あの特別な季節。大切で幸せな時間へ。

ねえ、雄太も覚えてるよね？

あたしはちゃんと覚えてるよ。

あの頃、雄太があたしにくれたものぜんぶ、この胸の中に存在している。

だからこうして目を閉じれば、いつでも記憶の旅に行けるんだ。

ふたりが過ごしたあの時間へ、いつでもね――。

＊　＊　＊

「すごいねー。京都だね」

隣の海莉が周りをグルリと見回しながら、うれしそうに話しかけてくる。

「ねえ瑞樹、すごいね。なんかもう、すごく京都！って感じだね」

「そりゃそうだよ。だってここ京都だもん」

笑いながら答えたけど、海莉の興奮する気持ちもよくわかる。

なにしろ今日は、あたしたち二年生全員が、何ヵ月も前から待ちに待っていた修学旅行の初日。日本の誇る歴史と文化の地、京都の世界遺産《いさん》『清水寺』に来ている。

かの有名な『清水の舞台』の絶景に感動して、一緒に下りてきたところだ。

「清水の舞台ってさ、下から見たらそんなに高く見えなかったけど、実際に上から見下ろしたらすごく高くて怖かったあ」

「海莉ってば怖がっていたわりには、しっかり舞台の端っこギリギリまで接近してたじゃん」

「そりゃそうよ！　京都の町まで見渡せるんだもん！　いっぱい写真撮りまくったもんね」

「あたしもすごい枚数撮ったよ」

笑いあうあたしたちの周囲には、大勢の人の波が絶えず行き交っている。

同じく修学旅行中らしい他校の高校生とか、一般の観光客とか。外国人観光客もすごく多くて、さすがは世界遺産って感じだ。

「えっと、今から自由時間だけど、集合は何時だったっけ」

海莉がショルダーバッグから旅行の計画表を取り出して、内容を確認した。

二年生の全員で本堂を見学したあとは、ここでいったん解散。

それぞれグループを組んで、お寺の近隣を自由に見学して、時間までに再集合することになっている。

「結構時間に余裕あるから、おみやげとかゆっくり選べそうだね」

「海莉は関先輩におみやげ買うんでしょ？」

「うん。合格祈願のお守りを。あと自分用に恋愛成就《じょうじゅ》のも」

ニカッと照れ笑いする表情が、本当にかわいい。

海莉と関先輩の関係は、ゆっくり進展しているようだけど、まだ友だち止まり。

でも海莉はこんなにかわいくて純情《じゅんじょう》で、一途《いちず》な女の子なんだから、神様も仏様もきっと力になってくれると思う。

じゃなきゃ、あたしが許さん。

「瑞樹」

後ろからポンッと肩を叩かれて振り向いた。

「あ、雄太」

「お待たせ。行くか」

「うん」

あたしと雄太は、これから自由時間を一緒に過ごす約束をしていた。

本当は、同じクラスの子と行動しなきゃならない規則なんだけどね。

でも一生に一度の修学旅行なんだもん。雄太とも思い出を作りたい。

みんなだって、別のクラスにいる仲良しの友だちや、彼氏彼女と一緒の時間を過ごしたいわけで。

だから先生には内緒で、友だち同士でうまく話を合わせているんだ。

「ねえ甲斐くん。ここは知らない土地なんだから瑞樹をしっかり守ってよ？　頼んだからね？」

念を押す海莉に、雄太は余裕の表情を返した。

「当然だろ。瑞樹は命よりも大切な俺の恋人なんだから」

そんなセリフをしれっと言われて、あたしの顔がパッと熱くなった。

もう、雄太ってば！　そういうの恥ずかしいからやめてってって、いつも言ってるのに！　雄太を軽く睨みながら腕をパシッと叩くと、海莉が楽しそうに笑う。

「本当に仲いいよねえ。あ、みんなが来た」

海莉と一緒に回る約束をしているグループの子たちが、ニコニコしながらこっちに歩いてくるのが見える。

「海莉ぃ、早く地主《じしゅ》神社に行こうよ！」

「うん、今行く！　じゃあ瑞樹、甲斐くん、あとでね」

清水寺の境内にある地主神社は、縁結びの神社として女子に大人気らしい。

海莉がみんなと一緒にキャアキャア笑い声を上げて歩いていくのを見送って、雄太が言った。

「俺たちもそろそろ行こう」

「うん。雄太のおすすめの場所に連れてってくれるんでしょ？」

「ああ。事前に調べておいたんだ。ちょっと歩くけどな」

「そこってどういうところなの？」

「内緒。おみやげも買えるらしいから期待してて」

あたしたちは話しながら人の波間を縫うように進んで、仁王門に向かった。

ところが門の石段の上で、ふたり一緒に呆然と立ちすくんでしまう。

「マジかこれ」

「すっごい人混み……」

石段を下りた先から、もうすごい黒山《くろやま》の人だかり。

来たときも混雑していたけど、ちょっと見学している間にますます人が増えた。

世界中から訪れた観光客が、行ったり来たりひしめきあっている図は圧巻だ。

「さあ、行くぞ」

雄太が自分の肘《ひじ》を曲げて、あたしの方へ突きだしたからキョトンとした。

「なに？　この腕がどうかしたの？」

「あのなあ。はぐれないように俺と腕を組めって言ってんの！」

「へ？」

あたしは目をパチパチさせて、雄太の顔と肘を交互に眺めた。

え？　腕を組むの？　雄太とあたしが、今ここで⁉

「やだ！」

顔をブンブン横に振りながら速攻《そっこう》で拒否ったら、雄太がムッとした顔をする。

「なんでだよ？」

「だって恥ずかしいよ！」

手は握ったことあるけど、腕を組んで歩くのなんて未経験だもん。

なのにこんな人混みで、しかも制服でとか無理！　ハードル高すぎ！

「誰も俺たちなんか見てないさ」

「そういう問題じゃない！」

「お前は方向オンチなんだから、はぐれたら生きて戻れないだろ」

「未開のジャングルじゃあるまいし大丈夫だよ。とにかく腕を組んで一緒に歩くとか、無理だから！」

「いいから組めって！」

「やだって！」

歴史的重要文化財の前で、『組め』『組まない』の低レベルな言いあいを、さんざんしてしまった。

結局は雄太がしぶしぶ納得して、手を繋ぐだけで妥協《だきょう》してくれて助かった。

石段を下りて人垣をジリジリと進んでいくうちに、ふと、雄太がいつもより強くあたしの手を握っていることに気がついた。真面目な表情で周囲に視線を配りながら、少しでも歩きやすい方へとリードしてくれている。

あたしのこと、ちゃんと守ってくれてるんだって感じて、すごくうれしくて胸がトクトク騒いだ。

ありがと雄太。……カッコいいよ。

こっそりと両頬を熱くしながら歩いて、有名な『三年坂《さんねんざか》』に到着した。

ザワザワした周囲の音に紛れて雄太が話しかけてくる。

「瑞樹、気をつけろよ。三年坂で転ぶと三年以内に死ぬらしいからな」

「そんなのただの迷信でしょ」

脅《おど》かしてくる雄太に強気で言い返しながら、実はちょっと心配してたりする。

やっちゃダメってときに限ってやらかすのが、あたしの得意技だから。

万が一にも、まだ十代で人生終了したくないですし。

ましてや自分ひとりで転ぶならともかく、うっかり雄太や他人様を巻き込んで、人生終わらせちゃったらどうしよう。

「心配すんな。こうしてお互い手を繋いではなさなければ大丈夫さ」

隣の雄太が力強く言って、そっと顔を寄せてきた。

「俺は死んでもお前をはなさない。……好きだよ、瑞樹」

周囲のざわめきに紛れて、そんなささやき声が耳に飛び込んできた。

おかげで心臓がドカンと爆発として、顔が点火したみたいにボッと熱くなる。

ううぅ、雄太のおバカ！

またわざと恥ずかしいセリフを言って、からかって遊んでるんでしょ！　もしも誰かに聞かれたらどうするのさ！

なにか言い返してやりたいのに、頭が火照ってるせいでなにも思い浮かばない。

唇をモゴモゴ動かしながら雄太を見上げると、雄太はニヤッと笑って、すぐ前を向いてしまった。

その横顔も、やっぱりすごくカッコいいんだよなあ……って思っちゃうのが、なんか悔しい。

「着物姿の人が多いな。さすが京都だ」

雄太の言う通り、坂道には着物を着た人たちがちらほら見えた。

その姿や、道の両脇に並んだお店の和風な外観が、いかにも古都《こと》の風情《ふぜい》だ。

けど、このとっても素敵な光景をじっくり見ている余裕がない！

人にぶつからないように、写真を撮ってる人たちに迷惑をかけないように、目を配りながら歩くだけで精いっぱいなんだもの。

京都の混雑を甘く見ていた。初心者の高校生には難易度《なんい》高すぎ。

少し人の波が途切れてホッと立ち止まったときには、せっかくの名所を通りすぎてしまっていた。

「瑞樹、大丈夫だったか？」

「な、なんかもう、どこが三年坂でなにが二年坂なんだか、ぜんぜん実感できなかった。お店を覗きたかったんだけどな」

「おみやげならこれから行くところでも見られるよ。さあ行こう」

がっかりしてるあたしの手を握ったまま、雄太が歩きだした。

どっちに向かっているのか、方向オンチのあたしにはぜんぜんわかんないけど、雄太は迷いのない足取りで進んでいく。

きっと事前に道筋を調べて、頭に叩き込んでいるんだろう。

「大きな通りから外れた道は、わりと人が少なくて歩きやすいんだ。その代わり遠回りになるけどな」

雄太が「着いた」と言って指差した場所は、路地の入り口だった。

普通の民家が並んでいる一般道路を、十五分くらい歩いたろうか。

あまり広くない道路の両側に、日本家屋風のお店がズラリと並んでいる。

「わあ、なんとなく三年坂や二年坂の雰囲気に似てるね」

「京都の若手職人やアーティストたちが集まって、いろんな店を開いているらしい」

瓦《かわら》の屋根に、格子《こうし》戸に、ちょうちんの看板。

なんだか自分が生まれる前の時代にタイムスリップした気分！

名所の商店街みたいな豪華なにぎやかさはないけど、ゆったりと京都気分にひたれそう。こんな穴場スポットを見つけるなんて、さすが雄太だ。

「ここに予約を入れてあるんだ」

路地の真ん中あたりのお店の前で、雄太が立ち止まった。

真っ黒な木枠の玄関横の看板には『小町写真館』と表記してある。

「写真を撮ってもらうの？」

「プロに撮ってもらうこともできるけど、自分たちで記念写真を撮影できるんだよ。

京都風の内装の和室で」

「へぇ、おもしろそう」

当たり前なんだけど、観光名所には大勢の人がいる。

だから写真を撮ると、どうしても関係ない人たちが、わんさか写り込んじゃう。

こういう場所で気を遣わずに自分だけの記念写真を撮れるのって、いいかも。

雄太が引き戸の玄関を開けると、カラカラと気持ちいい音が鳴った。

普通の家よりも小さめの靴脱ぎ場があって、すぐ目の前は襖《ふすま》で奥は見えない。

「ごめんください」

雄太が声をかけると、襖がスッと開いて、淡いピンク色の作業用着物を着た中年の女の人が出てきた。

「電話で予約した甲斐です」

「へぇ、小町写真館にお越しいただいて、おおきにどす」

柔らかい京都弁で、ニコニコしながら中へ案内してくれる。

入ってすぐの小部屋の隣が、撮影に使う和室だった。

「どうぞ、ごゆるりとすごしておくりやす。あとでお声かけますさかい」

「はい」

女性が部屋から出ていってから、あたしは感心しながら周りを見回した。

優しい若草色の畳《たたみ》。水墨画《すいぼくが》の掛け軸《じく》。透かし和紙のぼんぼり。

歴史を感じさせる凝った飾りつけの家具類。

障子の向こうには庭があって、白砂が敷かれ苔《こけ》むした石灯籠《どうろう》がある。

部屋も庭もこれぞ和風って感じで雰囲気がよくて、なんて言うか、ジーンと心が落ち着いた。

「昔の時代なんて知らないのに、懐かしいって感じるのが不思議だね。日本人のＤＮＡなのかなあ？」

あたしは壁際に広げて飾られている着物の前に正座して、豪華な模様を眺めた。

「すっごいきれい。蝶々やお花の文様《もんよう》がキラキラしてる」

「西陣織《にしじんおり》だよ。ちょうどいい。そのまま動かないで」

「え？」

振り返ったら雄太がこっちを向いて、いつの間にかカメラを持って構えている。

「そのカメラどうしたの？」

「俺のカメラ。この日のためにミラーレス一眼《いちがん》のカメラを買ったんだ」

自慢そうに言う雄太にちょっとびっくり。

てっきりスマホで気軽に写真を撮るだけかと思ってたのに。

まさかそんな立派な自分のカメラまで用意してたなんて。

「今日はこのカメラで瑞樹を撮って撮って、撮りまくるんだ」

「え？　と、撮りまくるって、なにその異様な気合いは」

「その写真が俺からのプレゼントだからだよ。瑞樹、誕生日おめでとう」

あたしは両目を見開いて、カメラを構えている雄太に見入った。

たしかに、今日はあたしの誕生日なんだ。

でもちょうど修学旅行と重なっちゃって、生徒会役員の雄太は準備で毎日忙しくしていて、とても言いだせる空気じゃなかったの。今日だってぜんぜんそういう話題も出なかったから、てっきり忘れられているのかと思ってた。

少し寂しかったけど、ワガママ言いたくなくて黙ってたんだ。

「雄太、誕生日覚えててくれてたの？」

「もちろん。毎年お祝いしてるのに今年だけ忘れるわけないだろ？」

「ありがとう……。すごくうれしい」

「このカメラ、すごいんだぞ。最新の画像処理エンジンが、情報や色合いを細部まで……って、こら。なんで顔隠すんだよ」

「だ、だって恥ずかしいよ！」

あたしは慌てて両手で顔を隠して下を向いた。

「それ、スマホアプリみたいな肌色補正効果とか、デカ目効果とかないんでしょ？」

「当たり前だろ」

「そんなすごいカメラで撮られたら、あたしの顔の欠点、ぜんぶさらけだされちゃうじゃん！」

「なに言ってんだ。お前の顔に欠点なんかあるわけない。そんなにかわいいのに」

ものすごく当然のように言われて、ウッと息が詰まった。

ま、まさかここで『恥ずかしいセリフ攻撃』を受けるとは。

「十七歳になったばかりの瑞樹をいっぱい撮って、一生の記念にプレゼントするって決めてた」

雄太の優しい声が心をくすぐる。

それでも顔を上げられないでモジモジしていると、雄太がもっと優しい声で語りかけてくる。

「瑞樹、顔を見せて。俺が恋したかわいい笑顔を見せて」

「…………」

「瑞樹、なあ、お願い」

……完敗。

こんな優しくて、ちょっぴり甘えるような声でお願いされたら、聞くしかない。

あたしは両手を下ろして、おずおずと顔を上げた。

でもどうしても恥ずかしくて、雄太の方を見られないよ。

照れ隠しで視線をあちこち動かしていると、シャッター音が連続して聞こえてくる。

それと同時に興奮した雄太の声も。

「すごくかわいい。すごくきれいだ。俺の瑞樹は世界一だ」

は、恥ずかしい！　さすがにそれは言いすぎですから！

でも、すごくうれしい。

自分がこんなに称賛《しょうさん》されるような外見じゃないのは、自分でよく知ってる。

それでも好きな人に世界一って言ってもらえて、うれしくない女の子なんかいない。

大げさなほめ言葉と、切れ間のないシャッター音が、雄太の嘘のない気持ちを伝えてくれる。

「瑞樹、大好きだよ」

胸の奥がキュンと鳴って、思わず雄太の方を見た。

カメラを下ろした雄太が、すごく幸せそうな顔で笑ってる。

白い障子越しの柔らかな日差しが、甘く微笑む瞳を照らして、あんまりきれいで見惚れてしまった。

だから、心の底から湧き上がった言葉が自然と口をついて出た。

「あたしも、雄太が大好きだよ」

うれしいとか、甘いとか。

くすぐったいとか、熱いとか。

どうしようもなく幸せだとか、でもほんのちょっぴり苦しいとか。

見つめ合うあたしと雄太の間に、言葉にできない気持ちがいっぱい咲いている。

十七歳。どこもかしこも人であふれる京の都で、ふたりきり。

誰も入り込めない静かな世界で、誰よりも好きな人がくれた特別な時間。

本当に最高だよ。本当にしあわせ。

ありがとう雄太。

大好きだよ、雄太……。

＊＊＊

あのときの気持ちを思い出しながら、あたしはゆっくり目を開けて、またページをめくった。

十七歳になったばかりのあたしの姿が、このアルバムにたくさん刻まれている。

最後のページは、あたしと雄太が西陣織の着物の横で、並んで笑っている写真。

本当にうれしかったなあ。最高の誕生日プレゼントだった。

……あ、いけない。いつまでものんびり思い出に浸ってもいられないんだった。

「もうそろそろ出なきゃ」

ひとり言を言いながら、あたしは壁かけの時計を確認して立ち上がった。

そして大きな鏡の前に立って、真剣に身だしなみチェック。

ワイン色のニットワンピースは、襟にシンプルなビジューの飾りつき。

耳もとには、去年の誕生日に雄太がプレゼントしてくれた、誕生石のピアス。

このピンクトルマリンは、別名『愛の石』って呼ばれていて、恋愛運を高めてくれる効果があるらしい。

『恋人の前で、自分の気持ちを抑えてしまいがちな人におすすめだってさ』

忙しい仕事の合間に、どうにか時間を作って祝ってくれた雄太が、含みを込めた笑顔でそう言ったっけ。

雄太は高校を卒業後、県外の獣医《じゅうい》学系の大学に進学した。

獣医学系の大学って全国でも数が少なくて、地元にはなかったから、獣医を目指す雄太は県外に出るしかなかった。

一般の大学は四年で卒業だけど、医者になるための大学は六年学ばなきゃならない。

だからあたしたちは長い間、離れ離れになることになった。

いよいよ雄太が旅立つ日、泣きじゃくるあたしに、雄太は誓ってくれた。

『なにがあっても俺の気持ちは絶対に変わらない。俺は瑞樹が好きだ』

窓ガラス越しに見つめあう雄太の乗った新幹線が動きだす。

心臓が潰れそうなほど苦しい思いで、あっという間に遠ざかる車両を見送ったことを、今でも覚えている。

雄太と離れている六年間、自分に負けないように笑顔で過ごしていたけれど、心の片隅ではいつも寂しかった。本当に心細かったし、すごく不安だった。

だから何度か雄太とケンカもしちゃったし、泣くこともあった。

でも雄太は、勉強や試験やバイトの忙しい合間に、いつも電話やメッセージで伝えてくれたんだ。

『俺の瑞樹。大好きだよ』って。

たまに地元に帰省《きせい》すると、必ず真っ先にあたしに会いにきてくれて、うれしそうに抱きしめてくれた。

『会いたかった!』

その心からの笑顔と、両腕の力強さが、信じる勇気を思い出させてくれた。

そして六年間を学び終えた雄太は、みごとに国家試験に合格して、信じた通りあたしの待つ地元に帰ってきてくれたんだ。

二年前から近くの動物病院で、獣医師として忙しく働いている。

今日は雄太もお休みの日で、これからあたしの誕生祝いのデートなんだ。

お気に入りの黒い革製《かわせい》ショルダーバッグを肩に掛けて、部屋を出て、一階のリビングを覗いた。

「お母さん、いってきま……あ、そうか」

お母さん、今日も出かけてるんだった。

最近のお母さんは、着物の着付けやお茶の習い事を始めて、多趣味多忙《たぼう》。

気の合う友だち同士で楽しい時間を過ごしているらしくて、いいことだ。

玄関にカギをかけて外へ出たあたしは、雄太との待ち合わせ場所へ急いだ。

近所の空き地に咲くコスモスの花が、穏やかな涼風に身を任せて、気持ちよさそうに揺れている。

秋の静かな日差しの中に立つ街路樹の葉の色が、もうかなり色づき始めていた。

駅前の大通りから数本外れた道を進むと、目指す建物が見えてくる。

真っ白な三角屋根のてっぺんを飾る鐘。

そう。あたしと雄太の思い出の、あの教会だ。

雄太と離れていた頃、あたしは何度もここへ来て、いろんな祈りを捧げた。

『どうか雄太が毎日元気に過ごしていますように』

『どうか雄太が……あたし以外の人に心を奪われたりしませんように』

不安と必死に戦うあたしの気持ちを、雄太以外では、この教会の天使像が一番知っていると思う。

大きな木製の扉をゆっくりと押し開けて、一歩中に入ったあたしは、目の前の光景に驚いて立ちすくんだ。

「え？　なんで？」

教会の中にいるのは七人。しかもその七人はよく知った顔。

あたしのお父さんとお母さん。それと雄太のご両親。

それに関先輩と、去年めでたく名字が『関』に変わった海莉。

そして、みんなの中心に立つ雄太。

その全員があたしを見て微笑んでいた。

「みんなどうしたの？　あ、もしかして誕生日のお祝いにきてくれたの!?」

「そうだよ。俺からみんなに連絡して集まってもらったんだ」

雄太が、目を丸くしているあたしに向かって手招きをする。

「瑞樹、こっちにおいで」

「う、うん」

雄太ったらこんなサプライズを用意してくれていたんだ！

びっくりするやら、うれしいやら、照れくさいやらで、ニコニコと両頬を緩めながら雄太のもとへ進んだ。そして、満面の笑みを浮かべている雄太の正面に立ち、頭ひとつ以上高い顔を見上げた。

「二十六歳の誕生日おめでとう。俺たち今までいろんなことがあったな。長い間離れ離れになったこともあった」

「そうだね」

「でも気持ちは変わらなかった。俺はずっと瑞樹を想い続けて、瑞樹は俺を想い続けてくれた」

「そ、そうだね」

たしかにそうなんだけど。それをここで熱く語るのは、ちょっと恥ずかしいかも。

周りのみんなの視線を気にしていると、いきなり雄太がその場にひざまずいたから、あたしは驚いて半歩下がってしまった。

「ち、ちょっと雄太？　なにやってるのよ？」

「これからも俺たちの気持ちは変わらない。その誓いを立てたいんだ」

そう言って雄太は、上着のポケットから小さな白い箱を取り出して、蓋《ふた》を開けてあたしに差しだした。

箱の中身を見た瞬間、息が止まる。

だって箱の中には、見たこともないほど美しいダイヤモンドの指輪があったから。

……まさか、まさかこれって？

「どうか俺と結婚してください」

緊張した雄太の声が、あたしの中で打ち上げ花火みたいに大きく弾けた。

言葉では言い表せない感情と興奮が体中を駆け巡って、今にも破裂しそう。

ああ、雄太があたしにプロポーズしてくれた！

嘘みたい。夢みたい。どうしよう、どうしよう！

「あ……」

うれしすぎて感動しすぎて、どうすればいいのか頭が真っ白で声が出ない。

食い入るように指輪を見つめる両目に、どんどん涙が浮かんできて、透き通った七色の煌めきがぼんやり霞む。

「瑞樹、返事を聞かせてくれ。俺と結婚してくれるか？」

半泣き状態のあたしを見上げる雄太の、すごく不安そうな表情を見たら、なんだか急に気が抜けて笑いが込み上げてきた。

なんて顔してるの？　答えなんて決まってるじゃない。

「もちろんイエスだよ」

パッと大輪の花が咲いたように雄太の顔が輝いた。

と思ったら、すごい勢いで立ち上がって、両手を思い切り頭上に突き上げながらガッツポーズ。

「やったあ！　オーケーもらったぞぉぉ！」

雄太の叫び声を合図に、それまで真剣な表情であたしたちを見守っていたみんなも、いっせいに歓声を上げながら拍手してくれた。

「おめでとう、ふたりとも」

「やったな！　甲斐！」

「おめでとう瑞樹！　あたしもうれしい！」

教会中に幸せな空気と、笑顔と、温かい祝福の言葉が満ちる。

お母さんたちは涙ぐんでいるし、お父さんたちは握手しあって大喜びしてる。

海莉なんて、まるで自分の結婚式のときみたいにボロ泣きしてるし。ご主人の関先輩が、海莉の頭をヨシヨシして笑っている。

その姿を見たら、高校時代のいろんな甘酸《あまず》っぱい思い出が甦ってきて、また涙が込み上げてきた。

ここにいるみんなが、ずっと昔から、あたしと雄太を見守っていてくれた。

だから雄太は、この大切なプロポーズの場にみんなを集めたんだ。

「さあ瑞樹、左手を出して」

あたしを愛しげに見つめながら、左手の薬指に指輪をはめてくれる雄太を見て、懐かしく思い出す。

幼かった雄太。高校生だった雄太。大学生の雄太。

あたしはこの人に初めての、そして一生一度の恋をした。

言えない想いを抱え続けて、一度は諦めかけて、それでも恋を叶えた。

叶ってからも何度も泣いたり笑ったりしながら、絆を強めて……きたん、だ……。

熱い気持ちがあふれて、とめどない涙がドッと両頬を流れ落ちる。

息を震わせてポロポロ泣くあたしの手を握って、雄太が言った。

「瑞樹、泣くなよ」

「だって、だって」

「泣くなって。これはまだゴールじゃないだろ?」

力強い雄太の言葉に、あたしは涙をこぼしながらうなずいた。

そうだね。あたしたちはまだ道の途中。

これまでいろんなことがあったんだから、これからだって、いろんなことがあるに決まってる。

でもね、あたしは知っているよ。

信じる心。誓う強さ。未来に進む意志。

なによりも誰よりも愛しい人と、宝物を育《はぐく》む勇気を。

お互いに想いあう尊い気持ちがあるから、なにも怖くない。

祭壇の上の天使像が、純白の微笑みを浮かべて、見つめあうあたしたちを静かに見守ってくれている。

かつて願いを込めて祈りを捧げたこの神の家から、ふたり一緒に、また新しい一歩を踏みだすんだ。

「愛している。瑞樹」

「愛している。雄太」

あたしたちは、ずっとずっと一緒だよ――。

【END】

あとがき

みなさま、こんにちは。岩長咲耶です。この本を手に取ってくださって、ありがとうございます。今回、ご縁があって、私の作品をこうして野いちご文庫として出版させていただけることになりまして、本当にうれしく思っています。

今回は主人公のふたりが幼なじみという設定のお話を書かせていただきました。

ヒロインの瑞樹は、ある悲しい出来事がきっかけで、自分の恋に希望を失い立ち止まってしまいます。

どんなに願っても、願いが叶う保証なんてどこにもないし、大切な宝物はいつか壊れて消えてしまうかもしれない。

瑞樹のこの悩みは、世界中のだれもが一度は抱えることではないでしょうか。そしてだれもが、自分で答えを見つけるしかないのだと思います。いつか迎える未来がどんな形であれ、そこに至るまでに積み重ねてきた自分の日々を、無駄だと思うか、意味があったと思うかは、自分の考え方ひとつです。

意味も価値も、結局は自分が決めること。そして答えを出すためには、前に進んでみるしかないんですね。保証のない未来に向かって進むことは、とても不安で怖いことですけど、でも振り返ったとき、間違いなく自分の足跡は残っています。

一歩一歩、立ち止まったり迷ったりしながら、どうにかここまで歩いてきた足跡を眺めたとき、そんな自分を認めてあげられたら素敵だなと思っています。

この作品を出版するにあたり、ご尽力くださったすべての方々に、心からお礼を申し上げます。そしてこの作品を読んでくださったみなさまにも、心からの感謝を捧げます。

私の書いた物語が、どうか少しでもみなさまを励ますことができますように。

それと、今回も応援してくれた我が娘に感謝を。また母に力を貸してくだされ。

もしもご縁がありましたら、また岩長の作品でみなさまとお会いできますように。

二〇一九年七月二十五日　岩長咲耶

作・岩長咲耶（いわなが　さくや）
さまざまなジャンルの本を読みあさる、雑食系作家。涙も笑いも感動も、ぜんぶ一度に味わえる作品が好き。人の心の片すみに残る小説が書けるよう、日々奮闘している。第8回日本ケータイ小説大賞にて『神様修行はじめます!』がパープルレーベル賞を受賞し、書籍化デビュー。その後、多数書籍化される。近著に『空色涙　～キミと、永遠と、桜を想う～』『ごめんね、キミが好きです。～あと0.5ミリ、届かない想い～』（すべてスターツ出版刊）。現在もケータイ小説サイト「野いちご」で活躍中。

絵・埜生（やお）
イラストレーター・漫画家。著者に「message 埜生作品集」（KADOKAWA刊）、「僕の彼女は布団系女子です。」（スクウェア・エニックス刊）がある。noicomiにて『素直じゃないのはキミのせい』（原作『LOVE and DAYS ～瞬きのように～』十和／著）をコミカライズ。その他、野いちご文庫の装画を多数手掛けている。

岩長咲耶先生への
ファンレター宛先

〒104-0031　東京都中央区京橋1-3-1　八重洲口大栄ビル7F
スターツ出版（株）　書籍編集部気付 岩長咲耶先生

この物語はフィクションです。
実在の人物、団体等とは一切関係がありません。

ずっと恋していたいから、幼なじみのままでいて。

2019年7月25日　初版第1刷発行

著　者　岩長咲耶　

発行人　松島滋

イラスト　埜生

デザイン　齋藤知恵子

DTP　久保田祐子

編集　相川有希子

編集協力　ミケハラ編集室

発行所　スターツ出版株式会社
〒104-0031
東京都中央区京橋1-3-1 八重洲口大栄ビル7F
出版マーケティンググループ TEL 03-6202-0386
(ご注文等に関するお問い合わせ)
https://starts-pub.jp/

印刷所　共同印刷株式会社
Printed in Japan

ISBN　978-4-8137-0728-8　C0193

恋するキミのそばに。

♥野いちご文庫人気の既刊！♥

『お前が好きって、わかってる？』

柊《ひいらぎ》さえり・著

洋菓子店の娘・陽鞠は、両親を亡くしたショックで、高校生になった今もケーキの味がわからないまま。だけど、そんな陽鞠を元気づけるため、幼なじみで和菓子店の息子・十夜はケーキを作り続けてくれ…。十夜との甘くて切ない初恋の行方は!?

『一生に一度の恋』小説コンテストの優秀賞作品！

ISBN978-4-8137-0667-0　定価：本体600円＋税

『あの時からずっと、君は俺の好きな人。』

湊《みなと》 祥《しょう》・著

高校生の藍は、6年前の新幹線事故で両親を亡くしてから何事にも無気力になっていたが、ある日、水泳大会の係をクラスの人気者・蒼太と一緒にやることになる。常に明るく何事にも前向きに取り組む蒼太に惹かれ、変わっていく藍。だけど蒼太には悲しく切なく、そして優しい秘密があって——？

ISBN978-4-8137-0649-6　定価：本体590円＋税

『それでもキミが好きなんだ』

SEA《シー》・著

夏葵は中3の夏、両想いだった咲都と想いを伝え合うことなく東京へと引っ越す。ところが、咲都を忘れられず、イジメにも遭っていた夏葵は、3年後に咲都の住む街へ戻る。以前と変わらず接してくれる咲都に心を開けない夏葵。夏葵の心の闇を聞き出せない咲都…。両想いなのにすれ違う2人の恋の結末は!?

ISBN978-4-8137-0632-8　定価：本体600円＋税

『初恋のうたを、キミにあげる。』

丸井《まるい》とまと・著

少し高い声をからかわれてから、人前で話すことが苦手な星夏は、イケメンの慎と同じ放送委員になってしまう。話をしない星夏を不思議に思う慎だけど、素直な彼女にひかれていく。一方、星夏も優しい慎に心を開いていった。しかし、学校で慎の悪いうわさが流れてしまい…。

ISBN978-4-8137-0616-8　定価：本体590円＋税

書店店頭にご希望の本がない場合は、書店にてご注文いただけます。

恋するキミのそばに。

♥ 野いちご文庫人気の既刊！ ♥

『キミに届けるよ、初めての好き。』

tomo4《トモヨ》・著

運動音痴の高２の紗百は体育祭のリレーに出るハメになり、陸上部で"100m《ヒャク》の王子《プリンス》"と呼ばれているイケメン加島くんと2人きりで練習することに。彼は100mで日本記録に迫るタイムを叩きだすほどの実力があるが、超不愛想。一緒に練習するうちに仲良くなるが…？　2人の切ない心の距離に涙!!

ISBN978-4-8137-0615-1　定価：本体600円＋税

『おやすみ、先輩。また明日』

夏木《なつき》エル・著

杏はある日、通学電車の中で同じ高校に通う先輩に出会った。金髪にピアス姿のヤンキーだけど、本当は優しい性格に惹かれ始める。けれど、先輩には他校に彼女がいて…。"この気持ちは、心の中にしまっておこう"そう決断した杏は、伝えられない恋心をこめた手作りスイーツを先輩に渡すのだが…。

ISBN978-4-8137-0594-9　定価：本体610円＋税

『空色涙』

岩長咲耶《いわながさくや》・著

中学時代、大好きだった恋人・大樹を心臓病で亡くした佳那。大樹と佳那はいつも一緒で、結婚の約束までしていた。ひとりぼっちになった佳那は、高校に入ってからも心を閉ざしたまま過ごしていたが、あるとき闇の中で温かい光を見つけ始めて…。前に進む勇気をくれる、絶対号泣の感動ストーリー。

ISBN978-4-8137-0592-5　定価：本体600円＋税

『あのね、聞いて。「きみが好き」』

嶺央《れお》・著

難聴のせいでクラスメイトからのひどい言葉に傷ついてきた美音。転校先でもひとりを選ぶが、桜の下で出会った優しい奏人に少しずつ心を開き次第に惹かれてゆく。思い切って気持ちを伝えるが、受け入れてもらえず落ち込む美音。一方、美音に惹かれていた奏人もまた、秘密をかかえていて…。

ISBN978-4-8137-0593-2　定価：本体620円＋税

書店店頭にご希望の本がない場合は、書店にてご注文いただけます。